中俄文学互译出版项目·俄罗斯文库　　少年文学丛书

Скрипка неизвестного мастера
无名制琴师的小提琴

〔俄〕尼娜·达舍夫斯卡娅　著

王琰　译

中国国际广播出版社

《中俄文学互译出版项目·俄罗斯文库》由中国国家新闻出版广电总局和俄罗斯出版与大众传媒署批准,中国文字著作权协会和俄罗斯翻译学院负责组织实施。

尼娜·达舍夫斯卡娅（1979— ），生于特维尔，小提琴演奏家，青少年文学作家。现工作于国立莫斯科纳塔莉娅·萨茨儿童音乐剧院，她的作品多和音乐有关。2009年出版第一部作品，2014年其多部儿童文学作品接连斩获俄罗斯国内儿童文学和青少年文学大奖。

序　言

赵振宇

"一个人其实永远也走不出他的童年",著名儿童文学家、国际安徒生奖获得者曹文轩先生曾这样写道。另一位国际安徒生奖获得者詹姆斯·克吕斯则说:"孩子们会长大,新的成年人是从幼儿园里长成的。而这些孩子会变成什么样,在某种程度上取决于那些给他们讲故事的人。"儿童文学在个人精神成长中所扮演的角色至关重要,可以说,它为我们每个人涂抹了精神世界的底色,长久影响着我们看待世界的方式。

中国本土现代意义上的儿童文学的产生和发展,在很大程度上得益于五四以来对外国儿童文学的大量译介和广泛吸收。无数优秀的外国儿童文学作品,经由翻译家之手,克服语言和文化的重重阻隔漂洋过海而来,对几代国人的精神世界产生了不可磨灭的影响。其中,俄苏儿童文学以其深厚的人文关怀、对儿童心理的准确把握以及充满诗情画意的语言滋养着一代又一代中国读者的心灵。亚历山大·普希金的童话诗、列夫·托尔斯泰的儿童故事、维塔利·比安基的《森林报》等作品，都曾在中国的域外儿童文学翻译史上留下浓墨重彩的一笔。

苏联解体后，俄罗斯社会、经济和文化等方面均发生了天翻地覆的转折与变迁，相应地，俄罗斯的儿童文学也进入了全新的发展时期。在挣脱了苏联时期"指令性创作"的桎梏后，儿童文学走向了商业化，也由此迎来了艺术形式、题材和创作手法上的极大丰富。当代杰出的俄罗斯儿童文学作家不仅立足于读者的期待和出版界的需求进行创作，也不断继承与发扬俄罗斯儿童文学自身的优良传统。因此，一批优秀的儿童文学作家和作品得以涌现。

回顾近年来俄罗斯儿童文学在中国的出版状况，我们可以清楚地看到，对当代优秀作品的译介一直处在零散的、非系统的状态。我们在"中俄文学互译出版项目·俄罗斯文库"的框架下出版这套《少年文学丛书》，就是为了改变这种状况，希望能以一己微薄之力，将当代俄罗斯最优秀的儿童文学作品介绍给广大中国读者，以期填补外国儿童文学译介和出版事业的一项空白，为本土儿童文学的创作和研究拓展崭新的视野，提供横向的参考与借鉴。

本丛书聚焦当代俄罗斯的"少年文学"。少年文学（подростково-юношеская литература）是儿童文学的重要组成部分，一般指写给13—18岁少年阅读的文学作品。这个年龄段的少男少女正处于从少年向成年过渡的关键时期，随着身体的逐渐发育和性意识的逐渐成熟，他们的心理也发生了较大的变化。他们渴望理解和友谊，期待来自成人和同辈的关注、信任和尊重，对爱情怀有朦胧的向往和憧憬，在与成人世界的不断融合与冲撞中开始逐渐形成自己的人生观与价值观。这是个"痛并快乐着"的微妙时期，其中不乏苦闷、痛苦与彷徨。因此相应地，与幼儿文学和童年文学相比，少年文学往往在选材上更为广泛，在人物形象的塑造上更为立体丰满，在反映现实生活方面也更为深刻真实。

需要特别指出的是，少年文学的受众并不仅限于少年读者。真正优秀的少年文学必然是雅俗共赏、老少咸宜的，成年读者也能够从中学习与少年儿童的相处之道，得到许多有益的人生启示与感悟。

当代俄罗斯少年文学有几个新的特点值得我们加以注意：

首先，在创作题材上，创作者力求贴近当代俄罗斯少年的现实生活，反映他们真实的欢乐、困惑与烦恼。许多之前在儿童文学范畴内创作者避而不谈的话题都被纳入了创作领域，如网络、犯罪、流浪、性、吸毒、专制等。在某种程度上，这也是苏联解体后混乱无序的社会现实在儿童文学领域的一种投射。许多创作者致力于描绘少年与残酷的成人世界的"不期而遇"以及由此带来的思考与成长，并为少年提供走出困境的种种出路——通过关心他人，通过书籍、音乐、信仰和爱来摆脱少年时期的孤寂、烦恼和困扰。

其次，在创作方法上，许多当代俄罗斯儿童文学作家勇于突破苏联时期的社会主义现实主义传统，对传统的创作主题进行反思，大胆运用反讽、怪诞、夸张、对外国儿童作品的仿写等多种艺术手法进行创作，产生了一大批风格迥异的作品。在人物塑造方面，众多创作者致力于塑造与众不同、特立独行的少年主人公形象，力求打破以往的创作窠臼，强调每个人物的独特之处。

此外，作家与读者的交流方式也发生了巨大的变化，部分作家借助自己的博客、微博、电子邮件等与读者直接进行交流，能够及时地获知读者的评价与反馈，从而在创作活动中更好地反映现实中的问题，满足读者的需求。

本丛书收入小说十余篇，均为近年来俄罗斯优秀的少年文学作品，其中多部作品曾经在俄罗斯国内外大赛中取得优异成绩，一些脍炙人口的上乘之作（如《加农广场三兄弟》等）还曾被改编为电视连续剧。这套丛书风格多样，内容也颇具代表性，充满丰沛瑰丽的想象、对少年心理的精确洞察和细致入微的描绘，相当一部分作品还深入浅出地介绍了一些专业知识（如《斯芬克斯：校园罗曼史》中的埃及学知识，《无名制琴师的小提琴》中的音乐知识，《第五片海的航海长》中的航海知识等），具有极强的可读性，足以让读者一窥当今俄罗斯少年文学发展的概貌。

本丛书由北京大学外国语学院俄语系2013、2014级研究生翻译，力求准确传达原作风貌，以传神和多彩的译笔带领广大读者体会俄罗斯少年的欢笑与泪水，感受成长的快乐与痛苦，以及俄罗斯文学穿越时空的不朽魅力。

献给我的爸爸

目 录

第 一 章　老虎 / 001

第 二 章　炮兵团 / 007

第 三 章　爷爷 / 017

第 四 章　塔尼娅 / 027

第 五 章　第一场雪 / 039

第 六 章　教授 / 045

第 七 章　意大利人 / 065

第 八 章　赫尔采尔 / 091

第 九 章　小鸭子镇 / 103

第 十 章　彼得卡以及另一位重要人物 / 117

第十一章　"爱因斯坦" / 133

第十二章　F大调无大衣曲 / 147

第十三章　一张老照片 / 167

第十四章　在阿尔伯特家 / 177

第十五章　弦轴 / 189

可有可无的最后一章　小飞机 / 207

第一章
老虎

"关掉！"克什卡突然说道。

当然，这样做挺不好的，甚至有些粗鲁。但是就跟那些人不粗鲁似的，他们可都知道克什卡受不了音乐！他最讨厌音乐。谁会去听他们那些个音乐会呢，还有什么交响乐。除了破坏安静的氛围，一点儿用都没有。那些巴赫、贝多芬什么的，克什卡完全受不了。因为他已经向音乐宣战了——这是一场势不两立、毫不留情的战斗。

室内交响乐只奏了序曲就噎住了，紧接着响起了球迷热烈的欢呼声——妈妈换了台，转到了某个体育节目。

你们可别以为克什卡是讨厌在上音乐学校上课的孩子们——夹个文件袋在胳膊底下的那些。不，这些人其实并没有错，反倒应该同情他们才对。是因为有人在他们家长的耳边吹风："哟，你们家孩子耳朵很灵啊，有点特殊的才能哦！"他们就中招了，好像那些笨笨的小鱼。然后呢，就全完了，上钩了。想跑？马上就开始唠叨："你知道我们为了给你买这架钢琴花了多少钱吗？"喏，就是这样，或者还有些什么类似的说辞。如果哪一天真的显现出天赋了，那就真的全完了。

克什卡也差点就中招了。那个时候他还在上幼儿园，就

第一章 老虎

有人来检查同学们的这些个"特殊才能"了。他们说他"耳朵挺灵"的,有点"特殊才能"……不过这些全是胡扯,就跟他在方格作业本上写的那些废话一样!其实他耳朵一点都不灵,明白了吗?!

那个时候克什卡还有一个朋友。一个真正的朋友。
现在呢?没了。

爸爸笑着把这两个人叫做"暹罗双胞胎"[①]。不知为什么,这两个人总是在一起——从幼儿园开始就这样了。有一段时间,克什卡都没有"我"的概念,总是用"咱"这个词来指代自己。咱和老虎。"老虎"可不是一个外号。克什卡这个好朋友的真名就叫老虎。

总而言之,在克什卡家的院子里形成了一个关系不错的小圈子:梅利尼克兄弟俩、伊戈尔卡·奇若夫、普罗霍尔,还有"火枪手"阿尔谢尼——克什卡私下里这么叫他,因为他有某些地方确实像个火枪手。但是没有一个朋友是像老虎

[①] 世界最著名的连体人。这里是说克什卡和他的朋友关系亲密,好像连体双胞胎一样。

这样的。大家都知道，如果踢足球，或者玩抓间谍，或者不管玩别的什么——克什卡和老虎总是一家的。就连梅利尼克双胞胎兄弟俩都可以不在一家，但是这一对儿，必须在一起！"就像奇数不能分成两份一样"，阿尔谢尼开玩笑地说。

克什卡趴到沙发上，腿翘在背后，他想起了以前他和老虎之间的事情。有一次他生病了，老虎为他投了许多纸飞机[①]。是这样的，开始的时候大家都投了，但是很快就放弃了。要知道怎么可能真的让纸飞机从楼下起飞，再穿过二楼的窗户落在桌子上，太复杂了，简直是开玩笑！但是老虎可没有因此而放弃。那天晚上，飞机终于降落在了克什卡的书桌上，是个洁白的、带着作业纸格子花纹的小飞机。

还有一次，克什卡因为某些原因要去看牙医，就不能去给阿尔谢尼过生日了，老虎就也没去。他就坐在诊所里一直等到克什卡看完牙医，然后他们才一起出发去"火枪手"阿尔谢尼那儿。克什卡因为刚拔完牙，所以什么都吃不了，老虎也就什么都不吃。甚至连蛋糕都没吃。

[①] 一种学生里流行的做法：只要让纸飞机通过窗户落在生病同学的书桌上，他（她）的病就会好。

第一章 老虎

还有一次，老虎说，应该送给阿尔谢尼一个火枪手。不过，这是之前说的——那天他们去给阿尔谢尼选生日礼物的时候。

"怎么样？我们就给他买个火枪手呗！你觉得呢？"

克什卡笑了笑。

"你笑什么？有什么好笑的?！我在书店里看到有卖的。挺不错的一个火枪手小人儿，要是换成我是阿尔谢尼，我就想要人家送我这个。"

其实克什卡从来没和老虎提过他觉得阿尔谢尼像火枪手。克什卡爸爸的书桌上有一幅火枪手的画——是爸爸自己画的，还是在克什卡很小的时候画的。就是这个画上的火枪手，像极了阿尔谢尼！可是老虎怎么可能知道这幅画?！

总而言之，他们俩那时候已经做了一百多年的好朋友了。之后老虎就开始去音乐学校上课了。

开始好像什么事儿都没有发生一样。喏，大家都很忙——克什卡那时候也很忙：星期五有国际象棋课，每周还要游两次泳。这都没什么，大家都一样。老虎晚上也不去踢球了——

这也没什么,反正踢不踢球也就那样。大家都知道要多去学习,少玩点儿,这也对。不过有时也想不明白,既然每天从早到晚都被关在音乐学校里学习了,其他时间为什么还得不停地学啊、学啊……

老虎仍然是克什卡的好朋友,是他的死党。有时候他还会让克什卡帮他拿大提琴……

可是后来,四月里一个阳光明媚的日子,发生了这起"炮兵团事件"。

第二章
炮兵团

那时候，克什卡上完国际象棋课后并不直接回家，而是去公园里，去一棵树那儿。这棵树非同寻常——也不知道为什么，克什卡就认定这是一棵榆树。你只要爬上那根粗粗的树枝，坐上去，背靠着树干，那舒服的感觉比坐什么样的凳子、椅子都强。还有一根小枝子，刚好可以用来挂书包。好像这棵树天生就是这么设计的似的。简直完美！而就在克什卡下面，是公园的小道。人来人往——就在他的脚下。从来没有人抬头向上面看一眼，这些人脑瓜里就从没有过这样的念头。所以从来没有人发现过树上的克什卡，一次都没有。

这棵树上可以同时坐两个人。克什卡和老虎两个人就常常一起坐在上面。但是就在那天，那个阳光明媚的四月天，只有克什卡一个人坐在上面，带着一本书。嘿，这本书可不一般哪——是从爸爸的书架上拿来的。克什卡家里有这么一个书架，上面全都是爸爸小时候最喜欢的书。爸爸是坚决坚决不允许任何人把这些书带出家门半步的——特别是在他的《神秘岛》[①]被弄丢了之后。这件事和克什卡可没有半点儿

[①] 法国著名科幻作家儒勒·凡尔纳的科幻小说，是"凡尔纳三部曲"的第三部。

第二章 炮兵团

关系。那个时候他还很小。但是《小飞人卡尔松》[①]上面的油点——没错,就是克什卡本人的真迹了。当时他可是好好挨了一顿训!"总而言之,一边吃饭一边看书,绝对是个坏习惯!"虽然克什卡清清楚楚地看到爸爸自己就是这么干的——所谓"看书下饭",爸爸自己这么说的。甚至夜里头也这样,抓着三明治边吃边看!永远都是这样,大人们什么好事都可以做,而小孩子只能"早点睡觉"。自从《小飞人卡尔松》沾上油点之后,爸爸就不允许克什卡从书架上借书了,一本都不行。"没有我的书面批准就不可以。"你倒是试试看,看看能不能拿到这所谓的"书面批准",他一定会说:"你还小呢!"为什么还小?!奇怪的爸爸!是因为舍不得那些书吗?总而言之,爸爸的书架显得非常高,一直高到天花板。克什卡要把装玩具的塑料整理箱放在凳子上,然后再站上去,这才能够得着上面的书。拿走一本书之后,还得把书架上的书重新排好,得把那个缝填上,不然看起来就像嘴里掉了一颗牙一样。然后,还得把搞到的书用某种提前准备好的超级书皮包好,给它加上个封面。这样从外面看上去就好像是些

[①] 又译作《住在屋顶上的小飞人》,是瑞典儿童文学作家阿斯特丽德·林格伦的代表作品之一。20世纪70年代,阿斯特丽德·林格伦的一系列围绕小飞人卡尔松的作品被改编成动画片在苏联发行,广受欢迎。

关于恶龙或者恐龙的书……他这样做，一次都没有被爸爸撞见过。只有那么一次，装玩具的那个塑料整理箱差点出卖了他。箱子从脚底下滑走了，克什卡把嘴唇都跌破了。不过现在看来，书架对他来说已经不成问题了，不需要箱子他也都能够得着。整个书架的书他几乎都读遍了。

这不，这一次克什卡就一手捧着儒勒·凡尔纳，一手拿着三明治，坐在他的榆树上呢。他翻开书，然后又啃了一口三明治。

"喂，快下来！"

他们也就这点本事，只是嚷嚷而已——是炮兵团。这伙人住在学校后面，在普希金大街，和克什卡的小团体之间有那么一点小矛盾。他们之间从来没有真正干过仗，只是互相骂一骂，在墙上写些互相咒骂的胡话而已。总的来说，克什卡并不害怕炮兵团。他漫不经心地把书翻过一页，甚至都没有向下面看一眼。

"快下来！这棵树是我们的！"

情况有些不妙——这次赫尔采尔也和炮兵团一伙儿了。赫尔采尔是个细细高高、看上去有些笨拙的小伙子，一只眼睛有点斜。克什卡从来搞不明白他在往哪儿看。廖什卡·梅利尼克曾经说赫尔采尔不太正常,有点儿魔怔。

克什卡合上书。

"你们想怎么样?我才是第一个上来的,快滚开!"

"你听不懂还是怎么着?赶紧的,快下来,不然把你拽下来!"

又是赫尔采尔。这人确实有点儿不正常——没准儿真的会来拽他的脚……

"这不公平,你们五个对一个。"克什卡抽着鼻子说,一边把书塞到书包里。

"因为这本来就是我们的树。"炮兵团里另一个小孩儿执拗地说道。

"才不是呢,树是我们的。"克什卡一边小声嘟囔着一边跳下树来。太不公平了。炮兵团这几个人都不足为惧,但是这个赫尔采尔就……首先赫尔采尔比他要高出一头,眼睛看起来也像疯子一样。他突然抓住克什卡的领子,对着他的耳朵嚷起来:

"不服气是吗?想要公平?!可以。你去喊你那帮傻兄弟来。咱们倒是看一看,到底是谁的树。早就该做个了断了!"

他一只眼睛看着克什卡，另一只却越过克什卡，不知道看向哪里，正是因为这样，他看起来怪吓人的，"你敢来吗？还是怕了？"

克什卡耳根子都红了。

"还磨蹭什么，瞧你吓的。又矮又小，都没瓦盆高！"

克什卡尽量不去看赫尔采尔，回应道："有本事就在这儿，一小时后见。"

"可以！"赫尔采尔说，"我这么好说话，你得谢谢我。"

克什卡冲了出去。他一点儿都不害怕，他还从来没真正打过架呢。会是什么感觉呢？很好玩吗？！爸爸曾经说过他自己小时候打架的事儿。爸爸说克什卡他们是"柔弱的一代"。瞧他说的。哼，得把所有人都叫上——老虎，梅利尼克兄弟俩，壮壮的普罗霍尔，"火枪手"阿尔谢尼，还有伊戈尔卡——让他们好好给这些家伙上一课。要让这些欠揍的炮兵团小子们知道厉害。

克什卡两个耳朵激动得又红又热，他飞奔着来到院子里——没人！不可能啊！刚开始他都不敢相信。他又赶紧跑去家里，跑到邻居家的院子里——没人！足球场——空空荡

第二章 炮兵团

荡……都跑哪儿去了？死光了难不成，全都死光了吗？！

克什卡一家一家地找，四处搜集人手。不过肚子里已经有一种不祥的预感，好像有一条冰冷的虫子在他的胃里搅来搅去。

好吧，梅利尼克兄弟俩没一个在家。他们能溜到哪里去呢？普罗霍尔被锁在家里，门关得死死的，被罚不准出门一步。（普罗霍尔的妈妈真是疯了，怎么可以把一个大活人锁在家里？万一突然着火了呢？）阿尔谢尼也不在，他们班去看马戏表演了。确确实实，再也没有比看马戏更重要的事情了，真是太应该了！

克什卡都没去找伊戈尔卡。伊戈尔卡能顶什么用，又弱又小的眼镜仔，真打起来他确实可能不顾一切地冲上去，可是然后呢，只要挨两下就彻底蔫了。克什卡算是搞明白了——只剩下老虎会和他一起去迎战炮兵团了。他们两个一起。

老虎可千万要在家啊……

巧得很，老虎正从家里走出来！

克什卡一下子朝他跑过去：

"老虎！我都有点害怕你也不在家了。一个人都找不着！真是太好了，你……我现在特别特别需要你！走吧！我跟你说……"

但是老虎打断了他：

"克什卡，我现在不能跟你走。我该去上视唱练习的课了。之后再找你吧，行吗？你怎么了？发生什么事了吗？"

坚实的大地，一直在克什卡脚下支撑着他的大地，就这么突然漂走了。

"哦，没什么，没事，什么事情都没有……你快去上课吧……去吧，去吧！"

"克什卡，你怎么了嘛?!"

"没事！你去吧，快去，既然你这么急着去……既然你这个什么视唱练习这么重要……"

老虎生气了。夹着自己绿色的文件袋转身走了。

如果克什卡能跟他解释清楚就好了……可是……朋友，这也叫朋友！他甚至什么都没问！立刻就奔着什么视唱练习去了！呸，说起来真恶心。跟一个要去上视唱练习课的人，你还有什么好解释的！

应该一下子就明白了的啊，肯定是发生什么事情了呀，

第二章　炮兵团

肯定是这会儿特别需要他……以前他总能一下子就明白！这会儿呢，一点儿都不明白。他什么都没明白。

克什卡之前怎么就没发现！要知道其实早就这样了——老虎早就不是他的死党了！这都是因为他去学什么音乐！"克什卡，我得练琴了。"他永远要练琴。突然成了个伟大的音乐家。甚至在课堂上的时候，他都听不到克什卡跟他说话，根本没注意到克什卡的存在。估计那个时候，他也在全神贯注想着音乐课呢，都没注意到他自己对克什卡的话答非所问，驴唇不对马嘴！

那天，克什卡在他的榆树上打发了整个晚上，和廖夫卡·赫尔茨一起。他觉得这也很正常。那天，赫尔采尔也一个一个地失去了所有跟班的小兵，一个人来应战。原来"赫尔采尔"不是他的名字，这个绰号是从他的姓来的，他姓"赫尔茨"。他借走了克什卡的《尼摩船长》[①]——廖夫卡也爱看书，但是他妈妈因为他眼睛不好就不允许他看。廖夫卡告

[①] "尼摩船长"是法国著名科幻作家儒勒·凡尔纳笔下的一个虚构人物，也被称作达卡王子。其形象主要出现在《海底两万里》和《神秘岛》中。这里《尼摩船长》一书是一本将相关的故事重新编排后出版的苏联儿童读物。

诉克什卡，他的爸爸是个教授，可是不知道为什么去了荷兰，在那儿教数学。当然，这是他吹牛呢。廖什卡·梅利尼克之前说过，赫尔采尔根本就没有爸爸。

不管怎样，廖夫卡·赫尔茨虽然总爱编瞎话，但也是个不错的小伙子。他们俩能交上朋友也算是件好事。

只是老虎在克什卡心中的地位是没有人能够替代的。要是今天克什卡挨揍了才好呢……

他走到音乐学校附近。这儿早就下课了，只剩下巨大的窗户，空空荡荡，只有寂静在回响。克什卡从地上捡起一颗光滑圆润的小鹅卵石。

哗啦一声，玻璃碎了一地。克什卡等待着警铃大作，保安跑过来，吵吵嚷嚷，乱作一团。然而并没有，什么都没有发生。音乐学校旁的小花园里一个人影儿都没有。在路灯下，只有深深的寂静透过精致的黑色三角铁默默地注视着克什卡。

砸窗户并没有让克什卡感到轻松一点。克什卡往家走去，路上特意踩了一个小水洼，把鞋子弄得吧嗒吧嗒响，就这样回到了家。

第三章
爷爷

又一个星期过去了,这一天是克什卡的生日。他曾经多么期待这一天啊,多么期待过节啊!但这一天过得一点节日的样子都没有,稀松平常得很。克什卡在家里沮丧地踱来踱去,都不知道该冲哪儿发火。

老虎跑到他面前,送给克什卡一本《神秘岛》,封面看上去傻乎乎的。克什卡当然给老虎讲过爸爸的《神秘岛》丢了这件事。看来,老虎把这件事放在了心上!克什卡点点头,双手接过了书,旋即把它塞到了书架上。老虎心里头明白,很快就识趣地走开了。

其他的伙伴们也来了,阿尔谢尼一直尝试着让克什卡高兴起来,但是克什卡躲到角落里和伊戈尔卡下国际象棋去了,并且带着某种奇怪的满足感,生平第一次输给了伊戈尔卡。大家很早就各自回家了。

"不是生病了吧?你怎么看起来这么闷闷不乐?"妈妈关心地问道。

克什卡摇摇头,好像在说:"我自己也不知道。"虽然是过生日,但是总觉得开心不起来。

"是你慢慢长大了。"爸爸叹了口气,轻轻拍了拍克什

第三章 爷爷

卡的头。

妈妈奇怪地盯着克什卡看了半天,然后突然问道:

"克什卡,你还记得英诺森·米哈伊洛维奇爷爷吗?"

克什卡点点头。

克什卡出生的时候,英诺森爷爷刚好满六十岁,他们的生日恰好在同一天。从那天起,英诺森爷爷就变成了老英诺森·米哈伊洛维奇,而克什卡呢——就是小英诺森·米哈伊洛维奇,就连父称都恰好是一样的①。他不是克什卡的亲爷爷,是妈妈的某个叔叔。但是妈妈十分爱戴他,克什卡也是。不过他们与爷爷上一次见面,已经是很久之前的事情了,那

---

① 俄罗斯人的名字由三部分构成,一般按照"名""父称""姓"的顺序排列,主人公克什卡的全名应该是"英诺森·米哈伊洛维奇·马尔科夫"。其中父称由父亲的"名"按照特定的规则变化而来,可见克什卡的父亲的名应该是"米哈伊尔"。可供选择的"名"不多,因此重名现象很常见,因此父称(父名的变化形式)相同的情况也不少见。主人公父母用英诺森的"名"为主人公起名,同时由于主人公的父亲和英诺森爷爷的父亲恰好都叫"米哈伊尔",所以主人公和爷爷的"父称"相同,都是"米哈伊洛维奇"。除了"名"之外,每个人还会有由"名"按照特定规则变化而来的"小名""昵称"等,主人公的名字"英诺森"在俄语里对应的小名有"克什卡"等。英诺森这个名字在俄国人名里较为少见,来自拉丁语 Innocentius,很容易让人联想到历史上的多位意大利罗马天主教教皇的名字。也许这个名字暗示了爷爷和意大利之间潜在的特殊关联。

时候克什卡还很小。他还记得爷爷是怎样教会他下国际象棋的。爷爷有一副特制的国际象棋，棋子是用一种十分特别的木头雕成的，每个棋子的表面都各有特色，甚至每个"兵"都各有特点。小克什卡特别喜欢把这些棋子排到棋盒里，因为只有按照特定的顺序，才能把所有的棋子满满当当地放进盒子里。爷爷只教了他一次该怎么做，克什卡就学会了。那时克什卡只有五岁……后来英诺森·米哈伊洛维奇爷爷去了美国。

克什卡几乎完全想不起来爷爷长什么样子了，只记得他圆圆的眼镜和下巴上的一小撮短短的胡须，也是圆圆的。他期待着哪天爷爷又能回到家里来，这样他们就可以好好聊聊，更深入地互相了解一下。但是这一天始终没能到来，英诺森·米哈伊洛维奇爷爷两年前在美国去世了。

妈妈这会儿提到爷爷也算是在情理之中，因为今天也是爷爷的生日！

但是为什么妈妈看起来这么兴奋呢？爸爸也是。

"这么说吧，克什卡，爷爷给你留下了点儿遗产。他亲戚很多，但是这件东西根据他的遗嘱，是特意留给你的——

第三章 爷爷

请在小英诺森·米哈伊洛维奇满十岁的时候转交给他。这件东西十分贵重,你要好好保管它。喏,拿好,现在它归你了。"

太好啦,这才对嘛!从美国来的遗产……我的好爷爷!会是什么呢?难道是那副特制的国际象棋吗?神奇的魔法象棋?!肯定是的!我,克什卡,就要拥有那套神奇的象棋啦?!真是我的好爷爷!果然还是爷爷最了解我,聪明的爷爷!

爸爸终于打开了陈旧的、破破烂烂的盒子,里面是……克什卡蒙了,不知所措。一开始他完全猜不到这是什么东西。"这绝对不是国际象棋,不是国际象棋。"脑子不转了,只有这个念头在愚蠢地撞来撞去。爸爸已经开始笨拙地拆掉包在那个东西外面的羊毛毯子了……

克什卡完全僵住了。喉咙发干,手脚都不像是自己的了,变成木头的了。这完完全全根本就不可能啊!包在里面的东西是个丑陋的怪物——没有手、没有脚的怪物——怪物眯着眼睛看着克什卡:"哈,上当了吧!"

小提琴,真见鬼。是把小提琴。

"儿子,这可是件非常贵重的礼物,你要好好保管啊。也不知为什么,爷爷偏偏挑中了你,也许是因为你和他挺像的吧。他自己也是从十岁就开始拉小提琴了。你想学吗?我们可以找人教你。要不然你和老虎一起去音乐学校上课吧。"妈妈不太自信地提议道。

这一下克什卡再也忍受不住了,心里一下子决了堤,突然发作起来:

"不,不,不,不!不去!不去!坚——决——不——去!永远都不会去,永永远远!"

他像闪电一样一下子跑出房间,躲进浴室里并且闩上了门。他就这么盯着水池里的水不断地流向无底的黑洞,呆呆地看了很长很长时间。"爷爷,我的爷爷,我亲爱的老英诺森·米哈伊洛维奇,怎么连你也这样!你怎么忍心这样对我!"

* * *

关于小提琴的事儿,爸爸妈妈之后就再也没多说过一句。那个破旧的琴盒被发配得远远儿的,放在角落里的架子上等着慢慢落灰,眼不见心不烦。

在学校里,克什卡和老虎还是同桌。虽然他们谁也不和对方说话。不知怎的,没什么好说的……

有一天,老虎要去参加一个音乐会的演出,他也邀请了克什卡。克什卡不得不撒了个小谎，说自己头疼得厉害，就没去。老虎心里什么都明白，之后就再也不邀请克什卡去音乐会了。

绿色的意大利笔记本

1. 老制琴师的礼物

"您叫我吗，师傅？"

"嗯，文森佐，我真为你高兴！坐吧。"

文森佐倚在圆凳的边缘上，两只大手放在膝盖上——和文森佐并不突出的身高比起来，他这双手实在是太大了。提琴作坊里氤氲着松香、鱼胶的气味，还有最最怡人的、神奇的、来自木头的香味！

"我的时日不多了，文森佐。"老制琴师说起话来很吃力，他是一个不习惯说太多废话的人，"我这双手还顶用，但是眼睛慢慢不行了。这一件乐器，"他朝一块木料点了一下头，从这块木料上已经隐约可以看出提琴的轮廓了，"这将是我最后一件作品了。"

"您怎么这样说啊，师傅！"文森佐差点从凳子上跳起来，然而老师傅用手势制止了他。

"别跟我客套啦，也不需要你来同情我。我说的这些，我自己心里头都清楚得很。很快，分遗产的人就会蜂拥而至，然后把这间作坊一点一点掏空。不管怎么说，他们以后也应该能养活自己，总不至于靠别人的救济过活。"老师傅咧开嘴笑了，"不过我这些儿子里头没有一个能成为真正的大师。贾科莫是唯一一个算是有双好手的，但却是个懒汉。其他的那些，怎么也没学会正确地和木料打交道，难道会挥挥斧头就算会做琴了吗……我最好的学生啊，就是你，文森佐啊。我有一些东西要送给你。"

"我不要您送我东西，师傅！您对我的恩情我已经无以为报了……"

"别急着拒绝嘛。先搞清楚我说的是什么。我这儿剩下了一些木料，上好的木料，品质极佳。"老师傅从书橱的顶上拿下来几块制得很好的云杉木板。这正是具有极好共鸣特性的云杉木——极为少见，是唯一适合用来做提琴面板的材料。老制琴师用指节敲了一下木板，木板用清晰、响亮的声音回应了他。

第三章 爷爷

"简直是天使的和声啊,要的就是这个感觉。"老师傅点头赞许,"这木料非常完美,只是还有些生,还需要再放置一些时日。我可能等不到那一天了,真可惜啊。用这些木料一定能做出上好的琴来……"

"您一定能够做出来的,师傅!"

"别激动,文森佐。你就当这是我送给你的新婚之礼吧。"

"您怎么知道的?"

"我可什么都知道,我的孩子。你马上就要结婚这件事当然也瞒不过我。怎么说呢,我首肯了……只是你要好好工作,更努力地工作!要动脑子,要有耐性,这是最重要的,咱们做琴可急不得啊。你这双手非常不错,耳朵更是一流,脑子也好使……还有,千万别舍不得自己,要把自己的心都掏出来放到你所做的每一把琴里……"

当文森佐回到家时,天空中已经亮起了繁星。就在他的头顶,是双子座的两颗主星——卡斯托尔和波吕克斯[①]。弟兄两人在地上就是永不分离的一对,如今在天上也是一样。

---

① 卡斯托尔和波吕克斯为双子座 α 和 β 两星的名称,即中国称作的"北河二"和"北河三"。希腊神话中,两人是相亲相爱的双胞胎兄弟。

文森佐贪婪地呼吸着冬天寒冷的空气，轻轻地隔着布袋抚摸着老师傅贵重的礼物——共鸣极好的云杉木，品质极佳的提琴板材。他为老师傅感到惋惜，不过老师傅已经度过了漫长又荣耀的一生。而文森佐呢，他还年轻，一切都还在前头。他有一门可以填饱肚子的手艺，没准儿还能给他带来荣耀和财富。而更重要的是，仅仅再过一个星期，美丽动人的比安卡就要成为他的妻子了……那些木料，此刻在他的手中变得很轻很轻，几乎失去了重量。

第四章
塔尼娅

克什卡班上来了一名新同学——塔尼娅·索洛维约娃。大家都叫她塔尼娅。她和老虎一起在音乐学校上课，甚至还成了同桌。而克什卡呢，和老虎的联系就只剩下每天早上的"你好"了。

现在老虎总是和塔尼娅在一起。不过也不是那么个在一起，老虎既没有帮塔尼娅拎包，也没有送她回家。只是他们之间似乎形成了一种什么隐秘的关系——他们会没完没了地聊一些只有他们自己听得懂的胡话。聊什么可怕的"降半音符号"，聊什么秘密第十九班。有的时候还会聊他们终于去了一趟诺夫哥罗德①过什么节。也许是大诺夫哥罗德，也许是下诺夫哥罗德，克什卡也搞不清楚他们去的到底是哪一个。而且只有他们两个人一起，不是和爸爸妈妈一起去！而且据说，夏天还要再去一次。随他们去吧，爱去就去。谁稀罕呢，克什卡自己也可以去，说去就去，去那儿参加奥林匹克数学比赛。确实有这样的奥林匹克比赛，可以去这儿去那儿的。

因此，克什卡只好一个人跟他的书在一起了。游泳早就

---

① 诺夫哥罗德，俄罗斯古城，又称大诺夫哥罗德，位于沃尔霍夫河畔；下诺夫哥罗德，位于伏尔加河与奥卡河的交汇处。

不练了，国际象棋也是。整天整天地躺在沙发上看书，看啊看啊……有的时候妈妈赶他出门儿，他就在街上闲逛。当然，他还继续和梅利尼克兄弟、阿尔谢尼、普罗霍尔和伊戈尔卡他们来往。但是不管怎么说，克什卡还是喜欢一个人在街上逛。逛累了就一个人坐在某个窗台上休息，望着"双T公司"的招牌——他自己私下里这么叫他们。真是遗憾啊，这家公司里没有他克什卡的位置！

问题并不在老虎身上。塔尼娅……也不是，塔尼娅就是塔尼娅。她是个好孩子，塔尼娅，克什卡一下子就看得出。

克什卡后来也几乎很少和廖夫卡·赫尔茨见面了。赫尔采尔转学了。顺便说一句，赫尔采尔转学这事儿可不像表面上看起来这么简单。传说是因为他和某个老师闹僵了，甚至有传闻说是因为廖夫卡动手打了那个老师。开始克什卡认为这都是胡说——赫尔采尔虽然有点神经质，但也不至于这样吧……

克什卡只是刚开始的时候这么认为，直到这个传说中的老师亲自来教他们班的数学。

数学老师的外号恰如其分——螺丝钉儿。克什卡是喜欢学数学的，不过对这个螺丝钉儿吧……顺便说一句，螺丝钉儿也喜欢自己教的这门课，不过，按照他自己的话说，他无法忍受那些笨脑瓜子。在他严厉目光的注视下，甚至很多成绩不错的学生也开始脑袋犯糊涂，听不懂课了。而螺丝钉儿呢，却没有丝毫的恻隐之心……

据说赫尔采尔转学全都怪他，好像是螺丝钉儿把他给逼疯了，赫尔采尔忍无可忍，这才一拳打在数学老师的下巴上。这可不就得换个学校上了嘛。克什卡开始还不相信，赫尔采尔自己又什么都不说。但是上过这个老师的第一节课后，克什卡默默地想，如果换作他，大概也会因为这个螺丝钉儿而转学，而且还是高高兴兴地走。"就像个宗教裁判官"，这是伊戈尔卡·奇若夫的说法。

顺便说一句，小个子伊戈尔卡可不是个笨蛋。他在英语奥林匹克比赛中拿了第三名，全市第三名。他还收集蝴蝶标本，知道这些蝴蝶的拉丁语名字。数学他学得也不赖……不过这是螺丝钉儿教他们班之前。伊戈尔卡只要被螺丝钉儿瞧上一眼，就立马连说话的能力都丧失了，更不用说思考能力了。

第四章　塔尼娅

这是一个稀松平常的十月的一天，螺丝钉儿又叫伊戈尔卡·奇若夫在黑板上做题。伊戈尔卡呢，脸色惨白，就好像菜粉蝶的翅膀那样。他拖着僵硬的双腿走到黑板前。螺丝钉儿朝他大喝一声，伊戈尔卡就开始在黑板上瞎画胡写一气。克什卡急得都抱住了自己的脑袋。他怎么会这样呢——伊戈尔卡挺聪明的啊，怎么可能看不见呢——运算符号都搞反啦……而克什卡自己呢，坐在这里，什么忙都帮不上，一点儿办法都没有，干着急！

"真是笨得天赋异禀啊！"螺丝钉儿咄咄逼人地用手指指着伊戈尔卡，似乎要把他那骨节突出的细长手指拧进可怜的伊戈尔卡的身体里。（螺丝钉儿这个外号就来自他这标志性的动作。）"连加号减号你都分不清楚了啊！"

伊戈尔卡写不下去了。他紧紧地抿住嘴唇，不断地用惨白的手指捻着手里的粉笔。眼镜上蒙上了一层水汽。螺丝钉儿还在喋喋不休：

"你这是非典型性呆小症，蠢货……像你这样低能的小孩儿，我们这种正常的学校就不应该要你！"

这下子克什卡可忍不住了：

"我们学校不应该要的人恰恰是您！"

螺丝钉儿突然间消停了，用他那双呆板无神的"鱼眼睛"扫视着全班同学：

"是谁？谁说的？"他嘶哑地低吼道。

这下子无处可逃了。

"我说的。"这一句比前一句说得还要响亮而自信。

"你再说一遍！"

克什卡看了一眼颤抖着的伊戈尔卡，清楚明白地又说了一遍：

"我刚才说，我们学校不应该要的是您这样的人！"

"真是好样的啊，总算是……"螺丝钉儿又嚷起来，克什卡胃里袭来一阵寒意，"没想到啊，没想到会是你……给我滚出去，叫你家长来见我，否则别让我再看见你！"

在可怕的沉寂中，克什卡默不作声地收拾好自己的东西朝门口走去。接下来会怎么样呢？总不会像赫尔采尔那样被开除吧？突然间，他听到老虎用不太响的声音说道：

"也许，我也应该出去。因为我完全同意克什卡的想法！"

他俩是一起走出教室的。"也算条好汉吧！学我的样子逞英雄……"克什卡本来要这么想的，但是立刻他就明白了，老虎才是真好汉。克什卡可以跟爸爸妈妈把一切都解释清楚，爸爸妈妈也会理解的，但是老虎……他家人大概不能理解他这是在干什么。顶撞师长！

唉，是啊，老虎大概得挨训了。他还指望着数学成绩从三分进步到四分呢①……不过他真是好样儿的！不是个窝囊废。

他俩就这么沉默着，谁也不看谁。紧接着，塔尼娅也从教室里冲出来了！

"你怎么也出来了？疯了吗?!"老虎责备起她来，不过看得出来，他其实挺高兴的，"你可是新转过来的啊……"

"新来的又怎么样！你们在这里垂头丧气的干什么？还不一起去找校长！"

"去找——找谁?!"克什卡不明白，"你可能还不了解我们这位校长的脾气吧……"

"那就更该去了！你们难道想让螺丝钉儿恶人先告状吗?!你们为什么要这么愁眉苦脸的呢？你们做的是对的啊！"

---

① 俄罗斯的中小学考试大多采取五分制。三分就是刚刚及格，四分相当于良好，五分是优秀。

克什卡还从来没去过校长薇拉·列昂季耶夫娜的办公室呢。梅利尼克兄弟倒是正儿八经地被请到校长办公室过,并且因此而声名远扬——因为他俩顺着消防梯通过窗户爬到了房顶上。两兄弟中的廖什卡·梅利尼克倒是无所谓,不过彼得卡·梅利尼克就不行了,打那时起就对薇拉·列昂季耶夫娜害怕得不行,碰上她就好像碰上着火一样。

克什卡害怕起来。他应该怎么跟校长说呢?会有人听他解释吗?!

但是实际上他什么也不用说,塔尼娅·索洛维约娃一个人把话都说完了,而且说得太好了!"……侮辱了学生的人格;他的言语……"老虎和克什卡互相使了一个眼色:这个塔尼娅!真厉害,真会说啊——"言语"!

薇拉·列昂季耶夫娜校长摘下了眼镜。克什卡突然想到,没准儿校长也有一个孙子,而对于他克什卡来说,她也可以不是校长,而是亲切的薇拉奶奶……

"孩子们!那你们现在要我怎么办呢?突然就把老师开除了?然后呢,你们觉得现在临时找一个老师来上课很容易吗？"

"如果是这样的老师来上课的话，没有老师都比有老师强！"克什卡贸然地说道，他自己都没想到会说出这样的话来。老虎立马踩了他一脚，赶紧替他圆场：

"克什卡·马尔科夫是我们班数学最好的学生……"

"行了，我知道你们这位克什卡。"薇拉·列昂季耶夫娜校长摆了摆手。

难道校长真的知道？！克什卡急忙补充道：

"您知道，数学是我最喜欢的科目。我都为数学这门课感到委屈！"

"你们是不是对你们的老师太苛刻了，孩子们？他可是优秀的数学专家，甚至有好几本学术著作出版了呢！"

这次老虎又和克什卡想到一块儿去了，说出了克什卡早就想说的心里话：

"他只是爱他的数学而已，而对于我们这些学生，不要说爱了，他最受不了我们了。"

"您认识我们班的伊戈尔卡·奇若夫吗？"塔尼娅突然问道。

"当然认识。"薇拉·列昂季耶夫娜点点头,"英语奥林匹克比赛,弄坏了食堂大门!"

好嘛!果真是——什么都一清二楚,无论是谁干了什么事她都知道!当然,那个门其实确实不能算伊戈尔卡弄坏的,准确地说,门自己都不知道为什么被打坏了……

"是这样的,他还骂伊戈尔卡是蠢货,骂他是呆小症!还当着所有人的面!"老虎又突然解释道。

就在这时,门开了,螺丝钉儿本人也闯了进来。开始他满脸发红,不过他一看见办公室里的孩子们,脸一下就变成了白色,就跟动画片里演的一模一样。

"也就是说,那么?"他似乎连说话的声音都变了。

"事到如今,这样……"薇拉·列昂季耶夫娜回应道,她请孩子们先到门外等一下。

在走廊里老虎突然悄悄地说:

"难不成,反倒是我们恶人先告状了?"

"你说什么啊,你想想伊戈尔卡!再想想昨天他是怎么骂普罗霍尔的!我们做得没错!"塔尼娅反驳道。

而克什卡也突然觉得不大自在……确实,变成他们恶人先告状了……

最后螺丝钉儿自己提交了离职申请,这件事儿就这么了结了。大家都把他们三个当做英雄,好像取得了什么了不起的胜利!只是不知为什么,克什卡却有一种吞下了某种恶心的东西的感觉呢?而且这种恶心的味道,不管你做什么都去除不了、掩盖不住……螺丝钉儿确实做得不对,也算是自作自受,但是……

"你知道吗,"老虎说,"也许他自己也不好受。他在小学里教课……可能这个工作并不适合他。也就是说……没准儿他现在可以去搞搞科研,也许这样,他自己也会更舒服些。你觉得呢,克什卡,嗯?"

原来老虎也为此烦恼呢。克什卡突然觉得,这个时候他和老虎之间似乎连着一根细细的线……他屏住呼吸,害怕说出什么多余的话——可千万别把这条细线弄断了!

那天晚上,克什卡终于第一次从书架上取下那本《神秘岛》——之前老虎送给他的生日礼物。先翻开书的第一页,然后一下子啃完了半本书!直到爸爸把灯关了都没停下。然后爸爸过来看了一眼封面，摇了摇头，把克什卡桌上的台灯也关了。"对不起，儿子，我可不允许你再看下去了。你还小，晚上要好好睡觉！"

克什卡躺在黑暗中，脑子里想的都是老虎。"他现在会想着我吗？真好奇啊！"

第五章
第一场雪

冬天来了，而且来得非常快，只花了一天时间。而这一天，冬天里的第一个日子，对于克什卡来说是极为特殊的一天。可以说，这一天彻底改变了他将来的生活。

而他从一大清早就预感到了，有什么事情就要发生了！一件非同寻常的重要的事情，而且也许是一件很好的事情。因为第一场雪来临了！而且不是简单的来临，而是下啊，下啊，一直下啊，下啊，下了整个早上，一直下到第四节课还没停！克什卡的心里感受到一种宁静的喜悦，好像在等待着某种奇迹的降临。这种喜悦在他的肚子里，在头脑里，在双脚双腿上，还在不断地生长，生长。当他走在回家路上的时候，身体里已经装不下这份喜悦啦，喜悦开始从他身体里溢出来。他感到特别想去做点什么不同寻常的事情！喏，就算是从公园的长椅上一跃而过也不错……

这时他看见了一个水泥管。刚开始他只是看到路上挖了一个巨大的坑——又在修什么东西了。坑的下面不远处就是那个水泥管道。早上他赶着去上学，并没有注意到这个管道——他从临时铺在大坑上面的木板路上绕了过去。现在他

第五章 第一场雪

发现还有一个管道,又宽敞又坚固!要的就是这样儿的!

克什卡愉快地甩了甩书包,一下子跳到了管道里,向管道深处走去。管道里十分宽敞,走在里面就好像是走在河马宽阔的脊背上。本来也应该是十分坚固的,要不是……要不是因为下了第一场雪——就是这些正在慢慢融化的第一场积雪陷害了他!

克什卡怎么也不明白,他怎么就脚下一滑,而且恰好圆圆的、光滑的管道里没有什么地方能抓得住,能让他扶一下。他就这么扑通一下跌倒在黏糊糊的泥浆里。没有受伤,甚至不痛——毕竟摔得不重。管道下端一层薄薄的冰面破了,克什卡一屁股坐到了泥水里,皮鞋里灌满了泥浆,扑哧扑哧直冒泡……

"你要的奇迹发生了!收好不谢!"克什卡懊恼地想。不知道什么鬼把他拖到这个愚蠢的管道里来了!难道我当自己是走钢丝的吉布尔[①]吗?算了,现在得想办法从这里爬上去。

---

① 走钢丝的吉布尔,是苏联作家尤里·奥列沙(Юрий Карлович Олеша,1899—1960)于1924年创作,1926年在苏联出版的小说《三个胖子》(Три толстяка)中的一个虚构人物。这部作品里的故事发生在一个虚构的国家,走钢丝的吉布尔是革命军的首领之一,也是一个马戏团的杂技演员,是那个国家里最优秀的体操杂技演员。

还好没被人看见!

"克什卡,是你吗?你可真会玩啊!"

嘿,这还不是最窘的!上面站的是塔尼娅,她看着他,眼睛都笑开了花。

"很好笑吧,啊?"

"是啊,太好笑了!"塔尼娅一边笑着一边把手伸向克什卡,"来吧,赶紧出来吧!"

"我刚才飞身一跃,是不是英姿飒爽啊?"

"是啊,就跟演电影似的!行啦,别傻啦,快把手给我!"

"不用了吧,会弄脏你的手的。"克什卡有点不好意思。

"来吧,快点,我待会儿再洗一洗就好了。你为什么要爬下去啊,难道你想做走钢丝的吉布尔吗,啊?"

克什卡激动得哆嗦了一下。这怎么……这怎么可能!塔尼娅你可真行啊……走钢丝的吉布尔。之前只有老虎能猜到我心里想的是什么。

"喂,快点出来吧!你看你,鞋子都湿透了。你要是这样回家,非得着凉不可!"

"不——不会着凉的。"克什卡一边说着,一边已经感

第五章　第一场雪

到牙齿开始打架了。

"这样吧,你到我家来!"塔尼娅突然坚决地说道。

"怎——怎么,怎么可以去你家?就我现在这——这——这副样子……"

"快点儿,来吧。我就住这儿,就这栋楼。"塔尼娅说着,就把克什卡拉到了自家楼前,"喏,这就是我家正大门了!"

克什卡惊奇地思索起来,之前有听过谁把自己家的门称作"正大门"吗?要知道谁也不会这么说啊!估计是曾经在书上看到这个词……或者从爷爷那儿听说的。嗯,一定是这样,是英诺森·米哈伊洛维奇爷爷曾经这样说过。

不过塔尼娅家的门确实可以称得上是正大门。他们家住的这栋房子显得十分古老,屋顶很高很高。窗户外都配有扭花的栅栏,楼道里的台阶十分宽敞,并且配着铁制的栏杆。

"不过你得注意一下,我爸爸这个人特别严厉。待会儿他来开门,你一定得向他问好,千万别忘了!"塔尼娅的声音在楼道里传开来。

"你到底要……你别把我当成傻子呀。要不我就不去了吧!我其实基本上已经暖和过来了!"

"你是不是怕我爸爸呀?"塔尼娅没等克什卡反应过来,

就按响了门铃。

门开了。克什卡确实忘记打招呼了。事实上他什么都忘记了,甚至把整个世界都忘得一干二净……

第六章
教 授

……因为站在门口的是爷爷。就是英诺森·米哈伊洛维奇爷爷本人。活生生的，健健康康的。个子不高，戴着圆圆的眼镜。就连那目光，嗯，就连目光都还是老样子。不过胡子不是以前那种灰白色的，而是黑褐色的。

"爸爸，这是克什卡·马尔科夫。"塔尼娅一边说着一边轻轻从侧边推了一下克什卡，不过这个小动作十分明显。

"哦！克什卡！"这个是爷爷又不是爷爷的人点了点头，"您这副样子真是令我震惊又着迷，年轻人！您是如何做到的?!"

脏兮兮的克什卡这会儿就这么傻站着，好像被吓坏了，嘴里连一个词儿都蹦不出来。

"爸爸，你干什么啊，好好说话嘛。"塔尼娅帮克什卡圆场道，"人家这不是摔了一跤嘛，而且，爸爸，克什卡可是老虎·卡斯帕里昂的好朋友。"

塔尼娅冲着克什卡又使了一个夸张的眼神，不过克什卡并没有注意到她的眼神。突然之间，塔尼娅的话使得什么东西在克什卡的心里轻轻地回响起来。她怎么会知道他是老虎的好朋友？也就是说，是老虎跟她这么说的，是老虎告诉她，他们是好朋友？！

"那太好啦，请进吧，老虎·卡斯帕里昂的朋友。我叫米哈伊尔·所罗门诺维奇。"塔尼娅的爸爸一把拉住克什卡的手，就像拉住一个老熟人的手那样！

"您好！"克什卡终于回过神儿来了，赶忙在裤子上擦了擦自己那双脏兮兮的手。可是这么一来，手上似乎变得更脏了……

米哈伊尔·所罗门诺维奇又笑着点了点头，还是握了握克什卡的手。

"您……请问您怎么会认识老虎呢？"

"老虎，他可是个名人啊。才华横溢的青年大提琴家。"

"啊！原来老虎他……"克什卡思索道。他还冒出这么个念头：成为人家口中的"青年大提琴家"可比仅仅被称为"年轻人"要强得多。

"来吧，我们的小英雄，快去浴室把身上弄干。塔纽莎①，去泡壶茶来让你的小客人暖和暖和。不过马上我的学生要来找我，所以待会儿不要让我看到你们跑来跑去，也不要让我听到你们的声音。知道了吗？"

---

① 对塔尼娅的爱称。

把身上冲干净了之后，克什卡不知所措地站在走廊里。他觉得自己现在的处境又傻又荒唐。裤子上的泥点、泥块已经开始一点点地剥落下来，穿着这样"美妙"的裤子怎么可以进人家的房间呢？

塔尼娅的房间里有一架立式钢琴。也对，她也在音乐学校上课……而且，这种房子，既然有这么气派的大门，有这么神秘的台阶，天花板上还有雕花，这样的房子里理所当然会有钢琴。而穿着脏裤子的克什卡是理所当然不应该出现在这样的房子里的！那该怎么办，他就这么傻站在过道里吗？

没想到来救他的竟然是米哈伊尔·所罗门诺维奇。他递给克什卡一条干净的牛仔裤，一件干净的衬衫，甚至还带了双干净的袜子。

"拿好，我的受难者先生！大小应该正好。这是我们家彼得卡留下的衣服……"

克什卡还从来没穿过别人的衣服呢。倒是去乡下的时候，穿过妈妈的外套，但是穿别人的衬衫可就……他在浴室里把衣服换了，突然惊奇地意识到，穿上彼得卡的衣服，自己还挺高兴的——自己并不认识这个彼得卡，也许是塔尼娅的哥哥吧。这些衣服已经相当旧了,但是却很干净、平整,看得出是在柜子里放了很久了。

塔尼娅已经把茶壶拿到了房间里。从茶壶里飘出一缕缕水汽,看着就让人舒心。

"刚才说的彼得卡……是你的哥哥吗?"克什卡随意地问道,其实只是为了找点话说。

"不是的。他是爸爸的一个……以前的一个学生,不过现在已经走了。曾经有一段时间他住我们这儿,住了挺长时间的,可能有五年吧……"

"走了?什么意思?"克什卡吓了一跳。

"不不,他现在也还活着啦。"塔尼娅解释道,"我是说他离开这里了,到美国去深造了。"

"他们都跑到美国去了。"克什卡心想,他想起了爷爷。他就幻想起来,如果英诺森·米哈伊洛维奇爷爷和这个彼得卡在美国相遇了,那会是怎样一番情形呢……真奇怪,这是个什么样的老师呢?他的学生跑到他家里来上课,甚至还住在他家里!不知怎的,他联想起了东方国家那些和习武相关的概念:武术,跆拳道,师傅……对,就是师傅,师徒的那个师傅!……不过米哈伊尔·所罗门诺维奇先生怎么看都不像是跆拳道大师什么的啊……

就在这时，克什卡听到门铃响了，紧接着传来了一个欢快的男人的声音："您好，教授！"

克什卡吃了一惊：

"原来是教授啊！"

"算是吧，"塔尼娅笑起来，"是萨沙卡来了，他总爱这样开玩笑。"

"太厉害了！这个萨沙卡听声音应该已经是个大人了，是个大学生吧。也许，米哈伊尔·所罗门诺维奇确实在大学里教课。"克什卡忍不住了，终于决定直接问塔尼娅：

"你爸爸他，是什么老师啊？他教哪门课？"

塔尼娅又笑起来：

"你马上就知道了！"

又打哑谜！为什么不能直接说呢？

一切都那么神神秘秘的，有那么多秘密。真是一间神秘的房子啊，塔尼娅·索洛维约娃，立式钢琴，不知道为什么在这里住过一段时间的彼得卡……还有这个"萨沙卡"，明明是个大人，塔尼娅却还可以直接叫他的小名。最重要的，

第六章　教授

就是这个神秘的米哈伊尔·所罗门诺维奇,不知道是教哪门课的教授,而且长得和英诺森·米哈伊洛维奇爷爷简直一模一样!连讲起话来都那么像!还有,为什么塔尼娅总是不说……

这时传来了那个声音。第一声……

克什卡哆嗦了一下。开始他还不太明白,不过却不知为何,竟然回想起那天音乐学校的窗户玻璃碎裂的声音。

接着传来了第二声,第三声……然后是最后的第四声……

克什卡闭上了双眼,差点没晕死过去。

他觉得他的整个生活,从打碎音乐学校窗户的那天开始,到今天的此时此刻,从他愚蠢地向音乐宣战,到他和老虎之间,那些毫无理由的不快、傻乎乎的闹别扭——所有的这一切,克什卡所有的生活就被这几声简单的声响击碎了,散落成千千万万个碎片,飘啊飘啊,直到消失……他心里所有对音乐的抗拒,他的防御工事,一砖一瓦、费尽努力修建起来的工事,全都随着这琴弓和琴弦之间轻巧地一触而土崩瓦解了……

要知道这还谈不上是音乐呢,这只是小提琴演奏之前的试音。

克什卡甚至都没有感到惊奇。本来就应该是这样嘛，眼前的爷爷——小提琴老师……

"克什卡，你还好吗？喂，克什卡？"他突然回过神儿来，看到塔尼娅睁大了眼睛，惊恐地看着他，"你还好吗？不舒服吗？"

克什卡晃了一下脑袋，好像是说，我很好，没事——但是嗓子里似乎被堵住了，说不出话来，嘴巴只动了动，却没发出声音来。

"你坐到这儿来吧，"塔尼娅关心地让他坐到沙发上，"这里听得更清楚。我总是坐在这儿听。就像这样，耳朵朝这儿！"

克什卡听话地把脑袋靠到墙上。

"来，暖和暖和吧！"塔尼娅微笑着抛给他一条绿色的毛毯，又把一杯热茶递到他手里。

杯子上画着一个披着盔甲的骑士，杯子里有一小瓣柠檬缓缓地打着漩儿。

这时候，音乐声响起来了。

这也有点太快了，都不事先打个招呼……克什卡还完全没有准备好呢,没来得及卸下武器,脱下铠甲!只来得及惊讶了。是的,连克什卡自己都觉得惊奇,之前还从来没有好好地看过敌人的样子呢——真的,从来都没有好好地听过音乐。要知道,电视上转播的音乐会以及学校音乐教室里冰冷死板的作曲家画像,和真正的音乐完全不是一回事儿。确切地说,那些什么都不是。

也就是说,他之前从来没有听过真正的音乐。好比说,就像这样的小提琴演奏,就在墙的后面,而且是由爷爷亲自出演……

不过后来他才弄明白,这会儿拉小提琴的根本就不是米哈伊尔·所罗门诺维奇,而是他那个搞笑的学生——萨沙卡·沃尔科夫。不过当时克什卡可没想到这些。他当时什么也不用想——就好像有一个人走到他的面前,抓起他的手,领着他往前走一样。克什卡就这么跟着他走了。头也不回地,什么都不想地跟着走了,也不在乎是去世界尽头还是上刀山下火海!他就喜欢这么跟着走。

直到大学生萨沙卡走的时候"砰"的一声关上了门,克什卡才清醒过来。他发现手里捧的茶早就凉了。塔尼娅坐在桌子那边咬着笔杆，似乎完全没有注意到他。

克什卡喝了一口剩下的茶，喝的时候故意弄出很大的声响。塔尼娅抬起了头：

"怎么样？暖和过来了吗？"

克什卡眼睛盯着茶杯，一边点头一边说道：

"这是十八世纪的条顿骑士……"

"你真厉害，我不懂这些……"

克什卡有些害怕起来，他怕塔尼娅开始和他聊音乐，问他一些诸如"怎么样，喜欢这音乐吗"这样的问题。

不过她并没有问。

该回家了。

当克什卡在走廊里费劲地穿外套时，米哈伊尔·所罗门诺维奇又出现了。

"你的鞋子，小兄弟，我看还没完全干透。我只有我自己的鞋子，可以给你穿，再给你一双厚袜子吧。虽然不合脚，但也比穿着湿鞋子强吧！"

他递给克什卡一双运动鞋，好家伙，四十三码的。克什卡感到受宠若惊——一位小提琴家，一位音乐大师，居然还

第六章 教授

惦记着他克什卡的鞋子是湿的这样的小事!

塔尼娅把他送到门口。

"克什卡,那个……也就是说,不是真的咯?老虎之前跟我说……他说你是不喜欢音乐的……"

"是的,是这样的。"克什卡坦诚地回答道。

然后他又不是很确信地补充道:

"我不喜欢音乐。"

他沉默了一下,电梯就来了。等电梯的时间并不长,他还来不及想一想自己刚才为什么要这么说。

外面的天已经开始变暗了。雪还在化。克什卡脚上套着不合脚的袜子,拖着硕大的运动鞋走在回家的路上,一边走一边想:"好想再去一趟这栋房子,好想再爬上那几阶台阶!再去看看那个人,再去听一听……"

突然响起尖厉的刹车声。

"活腻了吗?!"一个司机打开车门冲着他嚷道。

克什卡把头埋进肩膀里,迅速跑到马路对面去了。他发现自己的脸上露出了一个微笑。这微笑,说实在的,傻得可以。

不，怎么会活腻。恰恰相反——他现在特别特别渴望活着。

绿色的意大利笔记本

2. 在提琴作坊里

在文森佐自己的提琴作坊里，他统领着所有的气味：松香，鱼胶，亚麻油，还有最美好的、所有气味里他最钟爱的——新鲜木料的味道。在屋顶下方横着一根绳子，上面挂着他做的那些乐器，有一些还没完工的，看起来形态各异，还有一些已经完成了的。文森佐轻轻叩了一下一块木料，这块将要做成面板，也就是小提琴的腹板，他把耳朵凑上去仔细聆听。这把琴是做给药铺老板的儿子乔瓦尼的。小男孩儿才刚刚十三岁，但应该是个很有出息的孩子。

今天是文森佐四十岁的生日。他对自己的一生还满意吗？回答应该是肯定的。他手艺不错，而且一直都是凭着良

第六章 教授

心做事。虽然没有积累什么了不得的财富,但是至少不用在大街上过夜,不用天天为一小块面包而发愁。现在窗外风雨交加,而他呢,可以坐在温暖的火炉旁边,等着吃今天晚上温馨的晚餐。也许,今天他还可以为自己的健康喝上一杯。

是的,文森佐自己一个人过生日。难道他没有什么朋友吗?没有,只有他一个人。不过……如果算上吉罗拉莫的话……也是,这位圣多马教堂的管风琴师应该能算是他的一个朋友。

说起吉罗拉莫这个人,那真是孤独的反义词!他们家有庞大、热闹的一大家子人——正是因为这样,这位琴师偶尔会抽身来文森佐这儿坐坐:坐着享享清净。他比文森佐小十多岁,但是随着年龄的增长,这十多岁的差距看起来并没有那么明显。吉罗拉莫年少的时候曾经梦想成为职业的小提琴制琴师。文森佐却没有教他,只是允许他在作坊里坐坐、看看,有的时候让他打打下手。小吉罗拉莫的笨手笨脚也算是世所罕见,已经记不得他有多少次割伤了自己的手!但是一旦做好的乐器到了他这双手里,吉罗拉莫马上就像变了个人似的。他好像就是为了演奏而生的:所有的弦乐他都掌握得极好,双簧管也吹得极好,但是他最拿手的还是演奏管风琴。他那会儿刚跑去教堂里寻差事做，就按照文森佐的建议接受了自己的命运。这不，他已经当了十一年的管风琴师了。养家糊口，人丁兴旺。他来找文森佐也不是那么勤了。每次来了，他们也只是简单地交谈两句，有时跑来喝一两杯。吉罗拉莫有时会试试新做好的琴。但是更多的时候，他只是默默地观察文森佐的工作，就像以前一样。是啊，可能就只有他这么一个人，文森佐可以把他称作自己的朋友……

他这会儿有点不大想干活。文森佐再一次轻轻叩击了一下琴板，自顾自地微笑起来："这会儿已经有点像样了……"

对一般人而言，这样敲一下什么也听不出来。别说是一般人了，就算是乐团总指挥先生来了，也听不出这木头声的音高，分辨不出到底是"so"还是"升fa"！文森佐也不是一下就学会分辨木料的乐音的。他也是不断地去敲敲打打，木桌子、木凳子、停在港口的木船……渐渐地，他的听力提升了：甚至连木头鞋跟儿敲击地面的声音，他也能分辨出是什么音。

但是小提琴可不是木头鞋子，而且对于文森佐来说，这声音也不仅仅是"so"或是"fa"那么简单，这是天使的嗓音！而文森佐的使命就是让天使们合唱。木工专用的小圆凿有着柔韧的刀锋，制琴师就是用它来凿下比蝶翼还薄的一点儿木料。呲呲、嚓嚓——是圆凿在吟唱。笃笃、哒哒——木料的厚度发生了细微的变化，声响也随之改变。音板的不同部位应该唱出不同的嗓音；声音和声音之间要有区分。呲呲、嚓嚓——要帮每一个天使找到自己位置。当琴弦被拨响时，琴板就会用自己的声音回应琴弦，琴就唱起歌来！

文森佐抚摸着这块琴板，她几乎就要出世了，只是还是白色的，还等着刷上清漆。造型每一丝都精准无误，完美得令人惊叹。在琴板的两腰，各有一个用于形成共鸣的狭长的"f"形音孔。它们的名字恰如其分，就叫"f 孔"。制琴师又把琴板上上下下敲了一遍——很好，所有的天使都已经各就各位；等明天耳朵焕然一新了，还要再检查一遍。已经可以开始组装了：底部的背板，腰部的侧板还有这一块，琴的面板。琴颈和琴头早已准备就绪。文森佐将这些部件拿在手里。竟然如此美妙，数学的精确之美在一把琴里体现得如此淋漓尽致！琴头旋首是精确的对数等角螺线，而琴身的每一寸曲线都依循着声学规律的要求。

文森佐放下手头的活计，转而看向窗外。他从来没有尝试过改变琴身的构造和形状——一直按照老师傅留下的模具制作零件。如果有了久经考验的模具，为什么还要改变它呢？为什么还要创新呢？只有好标新立异的斯特拉迪瓦里[1]才做到了按照自己的意愿制琴，追求更好、更有个性的样式。怎么说呢，他成功了。他做出了伟大的乐器。可安东尼奥·斯特拉迪瓦里是个天才，像他这样的天才一百年才能出一个。而且也许以后再也不会有了……

是啊，文森佐没能达到像安东尼奥·斯特拉迪瓦里或者尼古拉·阿玛蒂[2]那样的高度。还有瓜内利，伟大的提琴制作大师瓜内利，又被称作瓜内利·德·耶稣[3]。

就是这三位大师，最最伟大的大师——阿玛蒂、斯特拉迪瓦里、瓜内利。

这还没完，之前乐队总指挥先生把他的小提琴拿来修。现在，这把美丽的琴就挂在天花板下的绳索上。这是弗朗西斯科·罗吉尔里[4]的杰作，他也是阿玛蒂的一位得意弟子。这把琴，才是真正的小提琴啊！文森佐把她轻轻地从绳索上

---

[1] Antonio Stradivari，有时又被译为史特拉底瓦里。其制作的琴常被称为"斯氏琴"。
[2] Nicolò Amati，有时又被译为尼可罗·阿玛蒂。
[3] Giuseppe Guarneri del Gesù，有时又被译为朱塞佩·瓜尔内里·耶稣。其制作的琴常被称为"瓜氏琴"。
[4] Francesco Ruggeri，有时又被译为弗朗切斯科·卢杰利等，是尼古拉·阿玛蒂的学徒。

第六章 教授

取下，笨拙地用弓划过琴弦。可惜他从来没学过该怎么拉琴。明天药铺的乔瓦尼要过来，得好好向他请教一下。文森佐从各个角度检视着这把罗吉尔里，每一个边边角角都看得仔仔细细——真是一件杰作啊。可是，除了精准的计算和精湛的做工之外，这把琴还有一些特殊的东西……是什么呢？也许老师傅说的是对的——应该把自己的整个心都掏出来放到所做的每一把琴里。而他自己呢，文森佐呢？有没有交出自己的心呢？他到底有没有这样一颗心呢？

或许在十九年前，他已经把心交给自己的妻子了——随着美丽动人的比安卡一起下葬了呢？新婚之后仅仅过了两个月，新娘就得了可怕的寒热病，就这样凋零了。而文森佐自己则高烧不退，甚至很长一段时间失去了意识。好在他靠年轻的身体挺了过来。在那之后他陷入了长久的迷茫，他该如何活下去，又为了什么而活下去？幸好就在这时，有人来找他修琴，之后又来了一单生意——文森佐带着全部的头脑投入到工作中。是带着全部的头脑，却没有带着心……日子一天天过去了，心中的痛苦并没有减弱，只是心变得麻木，变得僵硬了——一小块尖锐的冰扎在了他的胸口……

不知为什么，他今天尤其萎靡不振。这些关于心灵、关于灵魂的胡扯并没有意义——他勤勤恳恳地干活，并且为自己的手艺感到骄傲。他做的琴木质结实，音质响亮，小提琴、中提琴、大提琴。Violino, viola, violoncello。[①] 他的双眼眼神精准，双手可靠稳重，从来没有让他失望过。而他的心呢？到底是什么意思呢，把心放在琴里？罗吉尔里——他把心放到了琴里？他不可能真的把心从胸口里就这么掏出来吧，他少了心脏还怎么活啊！他文森佐自己做的琴和这些大师的琴的区别到底在哪里呢？这个区别真的有这么大吗？

不得不承认，他年轻的时候曾经开过一个不大不小的玩笑……现在想来虽然无伤大雅，但是也算是个损招。他在自己做的琴上签上"瓜内利"这个姓氏。并不是要仿冒那一位瓜内利——伟大的耶稣·瓜内利，而是说，他也是瓜内利家族的制琴师。买家很快就找到了，而且付了一笔价格不菲的费用，连眼睛都没眨一下！这样的事情文森佐再也没做过第二遍，那笔钱已经足够帮他站稳脚跟了，而且那时他的自尊心也得到了极大的满足。

制琴师转向窗口。雨声淅淅沥沥的，橄榄树的枝子轻轻敲打着窗户。然后他猛地转过身来，目光似乎是无意之中落

[①] 意大利语的"小提琴""中提琴""大提琴"。

到挂满各种琴的那面墙上。又一次,也不知道怎么的,在几十把琴里,他的目光一下子就毫无偏差地落到了那把罗吉尔上,为什么呢?多希望也能做出这样一把琴啊!哪怕一辈子就做出一把……

有人敲了几下窗户。文森佐向窗外望去,在蒙蒙的雨雾中他分辨出两个不熟悉的身影。

第七章
意大利人

门铃很不自信地响了一声,然后就不再作声了。米哈伊尔·所罗门诺维奇赶过去打开门,惊奇地看到门外站着的是昨天那个好笑的孩子。

"您好啊,年轻人!塔尼娅现在不在家,她去学校了……等等,您不是也应该去上学了吗,如果我没搞错的话?"

克什卡摇摇头。

"我不是来找塔尼娅的,米哈伊尔·所罗门诺维奇先生。"不知道为什么,克什卡的声音小得几乎听不清,"我是来找您的。"

这时,米哈伊尔·所罗门诺维奇才看见他手上拿的破旧的琴盒。

"看样子你带了一把小提琴来?进来坐,进来坐……这把琴是从哪儿来的呢?"

"这是……是我的爷爷留给我的遗产。但是我不是很清楚,这把琴到底怎么样。是把好琴呢,还是……您能帮我看看吗?行吗?"

"那么,继承了遗产的小王储,咱们先把外套脱了吧,进来吧。让我们一起来看一看。来,来,来,这个事情很有意思嘛……"

但是从他脸上的表情,克什卡可以看出,对他来说这件事情并没有那么有趣。

但是当塔尼娅的爸爸打开琴盒,把包在琴外面的羊毛披巾解下来的时候,他的脸色似乎发生了些变化。克什卡甚至感到有些害怕。他也往琴盒里瞧去——断掉的琴弦像弹簧一样颤抖着,一块不知道从哪儿掉下来的小木片躺在一边……克什卡的脸一下子白了。

"这个还可以修吗?"

"修什么?"米哈伊尔·所罗门诺维奇抬起头来望着他,好像以前从来没见过他似的,"啊,这个琴……没事,现在就可以把琴弦装上,这都不足挂齿,这把琴的状况非常好。"米哈伊尔·所罗门诺维奇不知为什么用食指的指节敲了几下琴身,然后凑近了仔细地听了一下,接着又敲了几下,不过这次换了个地方。他摘下了眼镜。

"你这把琴,你说,这把琴是从哪儿来的?"

"是爷爷留给我的,是他给我的遗物……"

"啊哈,是啊,是啊。我们的小王储……看起来,像是个意大利人。"

"是说我的爷爷吗？不是的，他虽说已经去美国了，但是我们自己人，是俄罗斯人！"

米哈伊尔·所罗门诺维奇笑了笑。

"我说的不是爷爷，我说的是这把琴。这是我们的一种不成文的习惯，不说'意大利的琴'，而是说'意大利人'，就是说是意大利的制琴师制作的琴。喏，这些琴其实都是活生生的，你明白吗？你看，我这儿有一个法国人，也是一把好琴，还有一位德国人——这把稍稍普通一些。"他朝着柜子的方向点了点头，在柜子顶上放着一个琴盒，和克什卡的那个琴盒一模一样，"而意大利人呢，可以说，都是贵族。血统源远流长。克雷莫纳派[①]……斯特拉迪瓦里、瓜内利、阿玛蒂，也许你曾经听说过这些名字？"

---

① 克雷莫纳（Cremona，也有"克雷蒙纳"等译法），是意大利北部伦巴第政区中的一个城市。克雷莫纳是小提琴发源地，被誉为"提琴之乡"，这里出产全世界顶级的小提琴、中提琴、大提琴。上文所提到的阿玛蒂、斯特拉迪瓦里、瓜内利以及罗吉尔里都在此地居住、工作。另外，根据相关资料，十六世纪后半叶意大利小提琴制作出现了两个最著名的流派：一派就是以阿玛蒂家族为代表的克雷莫纳派，另一个则是以达·萨洛为代表的布列西亚派。而到了巴罗克时期，克雷莫纳已然成为全欧的小提琴制作中心。之后再也没有出现超过意大利克雷莫纳三大家族的提琴制作家族，即阿玛蒂、斯特拉迪瓦里、瓜内利三大家族。

第七章　意大利人

克什卡点点头——好像以前在哪本书上读到过。

"你看，"米哈伊尔·所罗门诺维奇接着说道，"你这把琴，肯定不是斯特拉迪瓦里，但是无论如何是一把非常好、非常好的琴。"说着他竟站起来，拿着一个小手电往琴箱里面照去，也不知道要干什么，"什么也没有……制琴师一般会在这个位置贴上自己的标签，你这把琴却没有。但是经验老到的专家不借助作者签名也能判断出来到底是谁的作品。毫无疑问，这是一把上好的提琴。我之前完全想不到，我们这个城市里居然还会有这样一把琴……你的爷爷到底是谁，你能告诉我吗？"

"英诺森·米哈伊洛维奇。"克什卡已经完全懵了。

"原来如此，你这么好的名字是照着他的名字取的。英诺森……想不起来，没有印象……他是个小提琴家吗？"

"我也不知道。我和爷爷就没见过几面……听说，他也会拉小提琴，但是他的正式工作好像是别的什么……"

"你听我说，小兄弟。你可千万别随便遇上个什么人就把这琴给卖了——一定要去找个专家好好看一看，找个专业的制琴师傅。最好能送到莫斯科看看。我给你一个电话，你自己联系一下，好好咨询一下，以后就不会上当受骗了……

而且这个事情不能着急。最好是我带着你一起去一趟莫斯科,要不然的话……"

"米哈伊尔·所罗门诺维奇,"克什卡有些害羞地请求道,"您能不能……那个……能不能试一下这把琴呢?就现在,可以吗?"

"如果能得到你的准许的话,当然不胜荣幸!"米哈伊尔·所罗门诺维奇微微一笑,"我的那套琴弦跑哪儿去了……"

克什卡感觉自己身体里好像也有几根琴弦,而且越绷越紧。

米哈伊尔·所罗门诺维奇娴熟地将琴弦从特定的几个孔中穿过,就跟变戏法儿似的。然后他将黑色的木质旋钮旋进琴头中——这几个旋钮叫做弦轴。他用大大的手指拨了一下弦,琴弦发出了可笑的声音,好像在不断向上爬行似的。他仔细听了听,又紧了紧弦轴。再往里旋了一点点——现在好了,看来已经可以了——琴弦调好了,一切准备就绪。他不紧不慢地又给弓擦上松香。克什卡等待着,甚至似乎都停止了呼吸。

第七章　意大利人

这一次和第一次不一样，音乐并没有给他带来巨大的冲击。大概是因为这次他的心里已经有所准备了，已经在期待着某种……某种奇妙的东西。虽然谈不上冲击，但是米哈伊尔·所罗门诺维奇演奏得确实十分十分出色。拉琴的同时，米哈伊尔·所罗门诺维奇转而面向窗口，他似乎已经完全忘记了克什卡的存在……

在他的音乐声里有一种特别的美——还有严厉，还有一种力量。在这样脆弱而易碎的乐器里居然能容纳这么有力的声音！不过克什卡现在对此一点儿都不怀疑。

而转瞬之间，音乐里又展现出一种细致和柔和。还有——温暖。克什卡突然觉得很委屈，因为他不能像别人那样理解音乐，比如说像老虎或者塔尼娅那样。要知道，在音乐的世界里，应该有些特别的、特别的……

而所有这一切，仅仅需要一个人，拿着一张弓在琴弦上滑动，同时用手指这样那样地按着弦。这就成了。而这一切——就是他全部的生命！一个人一辈子拿着一张弓拉着琴弦，这就够了。其他的一切他都不需要了！真的可以这样过一辈子吗？和一把美丽的琴？她给你柔情，又给你力量，还有一种完全无法用语言去描述的东西……

克什卡突然明白乐曲马上就要结束了,而他就得回家了。而且永远也回不来了。怎么可以这样?难道他以后就再也没有机会听到这样的东西了吗?

米哈伊尔·所罗门诺维奇放下琴弓。

"给你,拿好,小王储……谢谢。真是不可思议啊……好好珍惜。这是一把非常非常好的琴。真正的琴。"他缓了一口气,"我这儿也有一个意大利人,是制琴大师罗吉尔里的杰作。而你这把,我觉得,不比我那把差。他们之间有什么共通的东西。嗯,两把琴非常非常地相似,用了同样的木料,漆也是一样的……只是我的罗吉尔里声音更为洪亮,是声音非常明快的独奏用琴。你这把稍显得低调,声音要弱一些,显得柔和。"他一边说着一边把琴收回到琴盒里,明显看得出他很舍不得,"这是室内乐用的乐器,适合在较小的厅里演奏。但是相当相当——非凡地出色!"

"那您的罗吉尔里呢?她现在在哪儿?"克什卡问道。

米哈伊尔·所罗门诺维奇笑着轻轻叹了口气:

"离开我跑到地球的另一边去了。坐着很大很大的船,开了很远很远……再说,我吧,现在也不是那么需要那把琴了。我现在很少拉琴了。我有我的法国人就够用了。她也不错。"米哈伊尔·所罗门诺维奇笑起来,"你好好保管自己的琴。别急着卖掉,如果确实有这个需要——记得来找我,我一定帮你参谋参谋……那样的话,我甚至可能会买下来,不过,恐怕口袋里的钱不够呢。"说着,他摊开双手,不好意思地笑了。

他到底怎么回事呀,一直在说什么"卖掉""卖掉"的?好像克什卡是冲着钱来找他的。

该走了,克什卡已经穿上了外套……然后终于做出了决定——就好像突然把头闷进水里那种感觉。

"米哈伊尔·所罗门诺维奇先生,我……我并不想卖任何东西。先生,您能否……您能否教我?嗯,教我拉琴……"

米哈伊尔·所罗门诺维奇很仔细地打量起克什卡来。他并没有马上回答。

"哎呀,原来是这样……我原来以为……既然是遗产,那么可能是钱方面的问题。对不起,小兄弟,是我没搞清楚。这样啊,这——样的话……怎么说呢,当然可以,当然可以学着拉琴。肯定是稍微有些迟了,不过也没什么。可是我现在不带小孩儿了……"他有些愧疚地看着克什卡,"我,当然我不是那个意思，我不是说你是小孩儿。你看，我现在在艺校教课，那儿所有的学生都是音乐学校毕业的。确实曾经有一个彼得卡在我这儿学过，从十一岁就开始跟着我学。但他来我这儿之前就已经很有一些基础了……请你理解，我从没有从头教起过，因为我根本不知道怎么从头教起。我看我们可以这么着：我可以给我的一个熟人打个电话。她在音乐学校里教课。"但他立刻发现克什卡听到这儿突然哆嗦了一下，"你看起来不大愿意去音乐学校上课？那也可以去她家里练琴，她就住在这附近不远。她是一个非常好的人，而且教得特别棒。在她那儿，不跟你开玩笑，前途光明——没准儿你还会继续去艺校深造——到那个时候，我当然会一百个愿意让你到我班上来……"

克什卡已经听不下去了。

"谢谢，米哈伊尔·所罗门诺维奇先生。不必了。我刚才是一时冲动了，也没细想。我觉得我不需要。不需要！我……不管怎么说，还是谢谢您，再见！"

克什卡两阶两阶地跑下台阶。他到底想要什么？！难道想要人家对他说："来吧，亲爱的克什卡，尽管来吧，亲爱的，我等着你呢，不见不散！"这样？！算了吧，他是他们什么人啊？！只不过是塔尼娅的同学而已——和伊戈尔卡或者小胖子普罗霍尔没什么区别。而老虎——老虎就不是，老虎完全是另一码事，他是"才华横溢的青年大提琴家"。而克什卡呢……他又凭什么，凭什么让人家有事儿没事儿就来关心他那糊里糊涂的脑瓜子和傻乎乎的内心里到底发生了什么事情？！

克什卡冲出大门，又跑了几步才停下了，他要缓口气。他站在塔尼娅家那栋楼大门口的马路上，觉得马上就要哭出来了。不，不能哭！你们别想让我哭！他把头又昂得高了一些，不让眼泪流出来。

有什么人从楼道里跑下来了，也许是哪家调皮的小孩儿——连蹦带跳地下了楼梯，大概是跑出去玩儿吧……克什卡躲到台阶的一旁。

从门里突然冲出来的竟然是米哈伊尔·所罗门诺维奇。他脚上的拖鞋掉了一只，十分可笑地用一只脚跳着走。他慌张地四处望了望，看到了躲在一边的克什卡。克什卡还没来得及想好该说些什么，也没来得及把脸擦干净，只是抽了抽鼻子。

米哈伊尔·所罗门诺维奇径直向克什卡走过去，看着他的眼睛说道：

"克什卡，你听我说，请你原谅！我从一开始就全都搞错了。"

克什卡完全不知所措了。真是奇怪，一个大人居然主动向他道歉——而且似乎他也根本没有做错什么……

"你听我说，你是个很棒的小伙子。"他补充道，"我应该一上来就开门见山，而不是说什么'遗产''爷爷'什么的……我知道你肯定懂我的意思的。你看，克什卡，我是这么想的，每周二，一般来说，我每周二都有空。傍晚的时候，五点之后。你就这个时间过来吧，我们来试一试……你觉得呢？"

听到这些，克什卡再也忍不住了——泪水终于决了堤。

"哎呀，你到底是怎么了嘛……来吧，上楼坐吧，我们再聊聊——刚才跑下来连家门都没来得及关呢。"

克什卡几乎是飞着跑回家的，就像疯子一样，连路都不看。他和米哈伊尔·所罗门诺维奇谈好了，每个星期二到他那儿去练琴。他已经开始提前幻想起来，米哈伊尔·所罗门诺维奇会怎样为他的表现而感到惊奇——克什卡真棒啊，又有天赋，又聪明，又勤奋。比那个彼得卡不知道强到哪里去了！

克什卡就要会拉小提琴啦，就要成为音乐家了，就像老虎一样。对了，还有塔尼娅，当然，也像塔尼娅那样。

克什卡突然想起来，老虎已经三天没去上学了。好像是因为耳朵疼。这大概不是什么好事儿，耳朵生病了。老虎一定一个人待在家里……突然有那么一瞬间，克什卡明白他该怎么做了。

克什卡跑回家里，啃了一大口法棍面包，又直接从盒子里喝了两口酸奶。然后，这边嘴里还在嚼着面包呢，那边手也没闲着，从一本旧本子上撕下一页纸，迅速叠了一架纸飞机。把大衣披在一边的肩上，连帽子都没戴，克什卡就跑出门去了。

嘿，那里就是他们家的窗户，三楼的那个。窗户上的气窗正好是开着的，很好。克什卡飞身一跃，跳上了一条长凳，一只手扶着旁边的树。嗯，要扔到三楼……这可不好办。

不过怎么说也得试一试！克什卡想起爸爸是怎么教他投篮的——得把眼睛闭起来，在头脑中想象：球出手啦，飞啊飞啊——进啦！

克什卡闭上了眼睛，在脑海中想象飞机飞进气窗的样子。

然后他抬起了手，非常轻柔地、缓缓地掷出了纸飞机。洁白的飞机一下子向上冲去，一直冲到很高的地方，甚至可能有点太高了。就在到达窗户上方的那一刻，机头突然向下折返过来。

然后一下子穿过气窗钻了进去，甚至连窗框都没有碰到。

绿色的意大利笔记本

3. 两兄弟

有人敲窗户。文森佐朝窗外看去——有两个衣衫褴褛的人站在雨里。要是换作别的时候，他也许会丢给他们几个硬币，然后关上窗户。可是今天……可能是天气实在太坏了，或者是因为心情实在太特殊了，反正制琴师决定让这两个流浪汉进到屋里来——就算坐个几分钟，歇歇脚也行。

第七章 意大利人

"想要什么？"他粗鲁地问道，只是想用严厉的语气缓和一下内心情感的涌动。

"叨扰您了，先生……有人告诉我们，只有您能帮助我们，"留着红色胡子的那个流浪汉应道。文森佐发现他看上去年长一些，而且腿瘸得很厉害，"我们遭遇了不幸。我们被马车撞了……"

"我为你们感到难过，"文森佐耸了耸肩，"可是你们搞错了，我不是医生啊！"

"您就是医生，"另一个流浪汉突然插了一句，这一位年纪小一些。文森佐吓得哆嗦了一下——他的嗓音非常奇怪，好像是玻璃发出的声音。他非常年轻，简直还是个小男孩儿，目光笔直而显得无礼。文森佐不喜欢这样的目光："这个人是不是不太正常？"

"真抱歉，先生，"年长的那位直起身子说道，文森佐心里把他叫做"小胡子"，"我们自己没怎么受伤，呃，反正伤得不是很重。但是我们的琴……哦，我和弟弟是小提琴手，"他突然反应过来需要解释一下，"所以您看，我们有自己的琴！我们被马车撞了。"他又说了一遍，"有人告诉我们，您是一位制琴师……"

这算什么事儿！街头乐师？他们不会真的指望文森佐会帮他们修那几块可怜的烂木头吧？

"请您别有所顾虑，我们有钱。"小胡子弯下了腰。文森佐已经开始后悔为他们开门了。这些人能有什么钱！

"好吧，把你们的琴拿给我看看吧。"

当客人往屋子里头走的时候，文森佐犹疑了一秒，心想："他们不会是小偷吧？不会顺走什么东西吧？"小胡子左顾右盼地看着作坊里的琴，眼神那么地贪婪！但是那个小男孩儿呢，好像以前天天都在琴坊这里逛荡，很熟悉似的，眼神涣散而冷淡。文森佐把这些全都看在眼里！

可是小胡子已经把琴拿了出来。天啊！毫无疑问，这可不是什么木瓢子随便装上几根弦——这曾经是一把真正的小提琴。只不过确实是"曾经是"了，现在呢，只是一堆木板。看起来像是被狠狠地踩过了一样！也是，他们不是被马车撞了嘛。第二把琴的状况稍微好一点点，但也一样，令人担忧……

"请原谅，先生们，"制琴师摇摇头，"要说医生能治好病人，那必须满足一个条件：这个病人至少应该还活着。要不是这样的话，恐怕……我不会巫术，也不是魔法师。"

这时突然又响起了小男孩儿奇怪的玻璃般的嗓音:

"文森佐先生,有人告诉我们您是最好的制琴师。请您试一试,也许可以创造奇迹。"

"果然是个疯子。这两个人到底会不会拉琴!没准儿是从街上捡来的一堆碎木板,又或者从哪里顺来的,就是为了混进我的作坊!"

"喏,要不要试一下?"文森佐从墙上拿下一把不久前刚刚修好的小提琴。

年纪偏小的那个流浪汉丝毫不为所动。而小胡子呢,深深地鞠了一躬,然后接过琴一下子放在了左肩上。他拧了几下弦轴,极为迅速且异常准确地调好了音。文森佐一下子就明白了:毫无疑问的小提琴大师,耳朵非常准!

小胡子拉动了琴弦,开始的时候还小心翼翼地,后来就越来越投入。他的背似乎弯得更厉害了,双手和双臂的动作却显得愈发地轻松而自然。这确实是一位技艺高超的琴师!虽然不至于无与伦比,但是他的音清晰而准确,旋律简单明快、朗朗上口。看来是他自己谱的曲子。重要的是,他并不像现在很多提琴演奏家,特别是歌唱家那样,意在炫耀技巧,而只是简简单单地享受琴声,享受音乐——就好像在享受温暖的炉火那样。"看啊，这个小伙子真不错。"文森佐突然自顾自地想道。

很快，小胡子就有些舍不得地放下了琴：

"谢谢您，先生！这把琴相当得……相当得好。"他试着找一个合适的词，但是没能找到，"我之前从来没有机会拉过这样的琴。"

"这是我的作品。"文森佐没忍住，有些洋洋自得起来，"喏，你再试试这几把！"

他又挑了几把琴，一把一把地给小胡子试，小胡子一把一把地拉起来，非常惬意。最终，文森佐决定把罗吉尔里也给他试一下。他不由得好奇，街头乐师能从一群贵族中分辨出那个真正的国王吗？

"喏，再试试这把呗。这把也不错，不过也不是什么大不了的琴。"他想用这种故意的漫不经心来掩饰紧张的心情。

"真是把漂亮的琴啊。"小胡子一边赞许，一边用手指轻轻挑了一下低音"so"弦，小提琴里的天使安静地发出了回响。

"让我来！"小男孩儿又冷不丁地突然出声，并把手伸了过来，像是一个无声的命令。小胡子没出声，立刻就把价值连城的罗吉尔里递给了小男孩儿。文森佐连眼睛都没来得及眨一下呢!

不过制琴师这下明白了,为什么这个小男孩儿在他看来那么奇怪——恰恰是从他伸手要琴的这个动作看出来的——他什么都看不见。小男孩儿是个盲人。

不过即使看不见,他还是十分熟练地把琴放在了左肩上,即刻就演奏起来。他拉得很怪异,好像在品尝每一个音的味道。低音几下,高音几下,这几下拉得稍显柔和一些,那几下又拉得铿锵响亮一些。一个单音缓缓地延长——然后突然是密集紧凑的短音,像雨点一样闪烁着落下。小男孩儿拉得出奇地好,这没错。可是他拉的这是什么见鬼的曲子呢?难道这也是一种音乐?非正统的奇怪的和弦,破碎而不规则的旋律……

如此胆大妄为的孩子,应该把琴抢回来!

不过文森佐下不了手,为什么下不了手呢?难道是因为害怕打断他吗?一个普通人能有多大能力呢,怎么可能与大海相抗衡?制琴师感到他自己就像坐在又窄又轻的小舟里,在大海中不停地摇晃，突然一下就被抛上了浪尖，四周都是黑暗的天空——然后突然又疾速地跌落。心脏停止了跳动。放下你手上的双桨吧，制琴师，请安静地躺在你的船底，用你苍白的手指抓紧船舷，放弃一切的抵抗，好好地听吧。

旋律狂野而破碎，好像海上的白沫。从低音一路飞升到高音，盘旋到秃鹫都无法到达的高度，琴弦上沾满了松香，接着又突然转到了如泣如诉的低音部。这旋律不同于文森佐以前听到的任何一段旋律，却又不是毫无意义的疯言疯语，而是用另一种语言编织的话语。文森佐感到在这些不和谐的和声之中积聚着一股顽强的力量，似乎这个小男孩儿正带着他穿越过咸湿的劲风和瑟索作响的黑暗。

制琴师像着了魔一般听着，渐渐感受不到自己的手脚四肢了——好像所有的感知里只剩下听力还在工作。文森佐不是用耳朵在听小男孩儿的音乐，而是感觉音乐从他自己的身体里发出声响。他好像曾经熟识这种声响，这种灼热的松脂和火热的辣椒、咸涩的飞浪和湿润的沙石混合在一起的感觉。原来这种声响，是来自内部的，存在于小小的、形状奇特的木头箱子里。真是奇特的小箱子啊，仅仅两块琴板，加上弯曲的侧板，就是全部了，然而音乐却已经诞生了，而且就在这小小的箱子里。文森佐此刻才刚刚明白,而罗吉尔里也许早就领悟到这一点了,不然小男孩儿是从哪里将这些声响揪出来的呢?!

琴弦上的琴弓不再疯狂地跳动了,旋律渐渐平稳起来。文森佐似乎又看到一座秩序井然的庄严的城池,正从被海浪经年不断地打磨的嶙峋的礁石中缓缓升起。城池中的每一块砖石,看似随意放置,实则各就其位,井然有序。高耸的石塔,螺旋状的楼梯。风暴渐渐平息了。海中的排浪曾向着天边疯狂地涌动,将天际线扭成提琴侧板似的曲线,而此刻,那条线终于渐渐舒展开来,愈发明亮起来。城池的上空,第一道光终于穿透了清晨浓重的雾气。

小胡子的旋律不知什么时候衔接上来的,文森佐一点儿都没察觉到。确切地说,并不是衔接上来,而是又展开了另一条线索——轻柔、谨慎的另一个声部,而与此同时,小男孩儿的琴声则突然变得明快起来,带上了新的色彩。看得出,兄弟俩经常合作演奏,而且在他们的合作中,弟弟总是占据着主导的位置,而哥哥则默契地配合、辅助他。哥哥善于抓住恰当的时机,抑或是帮弟弟的旋律和声,抑或是沉默而不去打扰弟弟的独奏。对于小男孩的能力,文森佐确实从一开始就看走眼了！哥哥虽然也是一位细腻的小提琴手，但是弟弟才是完美地掌握了提琴这门艺术的人。他们的关系就好比珍贵的宝石和其四周所镶的银边。

不对，弟弟并不是大地上的钻石——他应该是天外的陨石，是闪烁的彗星，而哥哥则是……也不对，哥哥是属于这里的，是世间的。他像是薄雾之中的太阳，发着光却不刺眼。

小男孩儿突然猛地放下了小提琴。旋律突然间就中断了，倒使哥哥有些措手不及了。小胡子尝试着多拉了几个小节，加上个结尾——不过最终还是放弃了，也垂下了琴弓。

文森佐默不作声。小男孩儿把琴朝着空中递过去，似乎在说："给您。"文森佐小心地接过来。

"你到底多大了？"文森佐唐突地问道。

"十八。"盲人提琴手用他玻璃般的嗓音回答道。文森佐就像是突然被开水烫到了一样。正好是十八岁！我本来也应该有一个这样的儿子的！

沉默持续了太长的时间，哥哥大声地叹了一口气，开始收拾他们的碎木板。

"谢谢您，制琴师。我们耽误您太久了，我们得走了。"

"站住！"文森佐突然害怕起来，生怕他们就这样永远消失了,"今天对我来说是个特殊的日子。你们就留在我这里做客吧。"

晚饭吃的是煎鱼配乳酪西红柿。文森佐和客人们边吃边聊,原来哥哥叫马尔科,弟弟叫彼特罗。文森佐开了一瓶蓝布鲁斯科红酒①,这瓶酒还是药铺老板带给他的呢。彼特罗只抿了一小口,而马尔科则喝下了他们两个人的量。马尔科不再感到拘束,很大方地讲起他们的身世来。他们很早就父母双亡,当时的马尔科虽然自己也只是个小男孩,却独自承担起了照顾弟弟的重任,而没有把生病的弟弟交给孤儿院。是他教会了弟弟拉小提琴。

"先生,我跟你说,彼特罗在小提琴方面展现出惊人的天赋。他就和小猴子一样机灵,不管你教他什么,只要一遍,他就照样儿模仿出来,一点儿都不走样!九岁的时候已经和成年人拉得一样好了。那个时候我们可风光了……不过现在不行了,年纪已经有点大了……"

"不会吧,难道你们在广场上表演的时候,也是拉刚才

---

① 中文又译作"蓝沐斯"。这里是指用原产地在意大利艾米利亚·罗马涅大区的一种名为蓝布鲁斯科的红葡萄酿成的葡萄酒。

那首曲子？"

兄弟俩笑了起来：

"不是的，如果在广场上拉那个，估计要被人胖揍一顿……"

"刚才那首曲子真是惊人啊！"文森佐接着说，"我从来没听过类似的曲子。"

"我也没听过。"马尔科出乎意料地跟着承认道，"彼特罗他之前也从没有拉过这样的曲子……"

"这把琴，"彼特罗解释道，"好像在指引着我……先生，您这把琴难道就是著名的斯特拉迪瓦里？"

"不是的，年轻人。这把是大师弗朗西斯科·罗吉尔里的作品……不过，你倒是说说，你是什么时候感觉到的呢？你又是通过什么感觉到这是一把特殊的琴的？难道仅仅通过一根琴弦的一声声响就能分辨吗？"

"我能听见其他人用眼睛无法看见的东西。"彼特罗微微笑了一下，"你说'也不是什么大不了的琴'的时候，我就明白了，这是你最好的琴。不过之后，当琴弦开始振动……我感到手里的东西如此与众不同，是我从来没有接触过，但又与我无比亲近的琴，仿佛就是我的琴一样。"

第七章 意大利人

小男孩儿的这种不拘小节的言辞丝毫没有让文森佐生气,他的脑海中反而生出疯狂的念头:要不……假如……管他三七二十一,就把罗吉尔里送给这个小男孩,又会怎样?这个彼特罗甚至比起乐团总指挥先生都更配得上这把琴。后面的事儿就随他去吧,随便想个理由都能搪塞过去,小偷、失火、淹水——这把小提琴我压根儿连听都没听说过呢!

不行,这显然都是瞎想。这把琴肯定会被找到,然后被抢回去,制琴师要被判偷窃罪……这样做可不会给兄弟俩带来好运。他只能老老实实地尝试着把兄弟俩留下的这些碎木头片黏起来。

把两位不速之客送走之后,文森佐坐到木椅子上,看着蜡烛闪烁的火苗出了神。他感到今晚估计要睡不着了。他又闷下了几口酒,把空瓶子放到了地板上——然后立刻就沉入了深深的梦乡。

第八章
赫尔采尔

在一个湿漉漉的二月的晚上，克什卡从连排的车库中艰难地走过。他刚从米哈伊尔·所罗门诺维奇家下课。他已经连续四个月每周二都要去那儿练琴了，不过这是一个秘密。一个真正的秘密！就连爸爸妈妈都对此毫无察觉。爸爸妈妈整天都在工作，之前克什卡没少为此难过，而现在呢，这再好不过啦。他还要趁着在学校的时间尽量趴在窗台上把所有作业写完，这样就能好好利用一个人在家的每一秒钟了。他练琴极为努力，近似疯狂——生怕米哈伊尔·所罗门诺维奇觉得他只是闹着玩儿的。一定要让他看到，他克什卡绝对是好样儿的！

最开始的时候，手总是酸痛得要命，肩膀也是，背也是，后来习惯了也就没觉得有什么了。有时候算下来，一天能练三个小时。练完后还得把琴藏起来，藏到天花板下的隔板里！这样就没有人会发现他的秘密，他的秘密也就不会在"合适的时间"之前被曝光。至于这个"合适的时间"到底是什么时候，克什卡自己也不清楚。

塔尼娅也很靠得住——她一个字儿都没跟老虎讲！另外，塔尼娅还和克什卡一起做视唱练习，她爸爸说这对他们

第八章 赫尔采尔

两个都有好处。刚开始的时候,光是听到"视唱练习"这样可怕的词,克什卡就吓得差点逃跑。不过米哈伊尔·所罗门诺维奇解释说,这就如同识字对于看书学习一样,是学习音乐演奏必不可少的基本功。事实上也正是如此,没什么可怕的,简直是不折不扣的数学公式。不过,也还有听力的事儿。数学上的原理都很清楚,而且克什卡的听力确实不一般——看来去幼儿园检查的那些人没瞎说!听辨音高对他来说并不是什么难事儿——他听什么都能听出来:电话铃声,汽车喇叭声,甚至是金属小茶勺的响声,他都能听出音高来。为了不让塔尼娅觉得他迟钝得跟个笨重的靴子一样,克什卡可是竭尽了全力。而结果是,塔尼娅确实觉得怎么夸他都不为过——克什卡以极快的速度学完了二级的课本跳到三级,然后又一下子跳到了四级……

不过米哈伊尔·所罗门诺维奇一次都没夸奖过克什卡。不过话说回来,也从来没有批评过他。每次,米哈伊尔·所罗门诺维奇都只是很平静地解释清楚该做什么,以及该怎样做。还有别的学生常常到他家里来上课,而克什卡在这些时候就会坐在一边听这些大学生们练琴。就这样,克什卡发现了一件奇怪的事儿：如果米哈伊尔·所罗门诺维奇说"很好""不错"，这就意味着拉得一塌糊涂，差到他都不愿意再多说什么了；可是如果他从椅子上跳起来，开始跟着哼唱，又或是把琴抢过来，自己拉给学生们看，就意味着"有点儿意思""拉得不错"。

而批评——事实上是实打实的骂——从来只是针对一个学生，就是萨沙卡·沃尔科夫。而这个萨沙卡其实拉得比谁都好。所以每当米哈伊尔·所罗门诺维奇在萨沙卡拉到最美妙的地方，突然打断他的时候，甚至连克什卡都会为他觉得委屈。

"你音跑到哪里去了？混账啊！……"

萨沙卡笑了，米哈伊尔·所罗门诺维奇从椅子上跳了起来，整节课就再也没坐回去过。他唱着谱子，手舞足蹈，而萨沙卡则与他争执起来，甚至故意赌气拉得更差……米哈伊尔·所罗门诺维奇这会儿真的要骂他了："克什卡，把耳朵堵住！"之后他突然又坐回椅子上，沉默不语。而萨沙卡呢，也沉默不语，把身体转向窗户。再过一会儿，他拿起小提琴随意地拉了起来，好像是在诉说着什么。

克什卡想起了之前他第一次听到萨沙卡拉琴，就是他在那个该死的管子里摔倒的那天……

米哈伊尔·所罗门诺维奇说道：

"嗯，不错，这回像那么回事儿了……"

"终于让您满意了。"萨沙卡·沃尔科夫咧开嘴笑了。

后来米哈伊尔·所罗门诺维奇跟克什卡说起萨沙卡：

"这可是个百里挑一、天赋异禀的人啊！"米哈伊尔·所罗门诺维奇接着又说了一些让人听不太懂的话："应该把所有的杂质从他身上去除掉，只剩下纯净的白水……可真是个笨蛋，一点儿前途都看不见！都一把年纪了，又给自己找了个彼得卡……"

克什卡走在下课回家的路上，脑海中想着萨沙卡·沃尔科夫的事情。因为今天他也"让您满意了"，得到了米哈伊尔·所罗门诺维奇"开始像那么回事儿了"的赞赏。就是这个"开始"，令他印象深刻！也就是说，一切都没有白费，也就是说，慢慢地有了成果！！他为了不让熟人撞见他拎着提琴盒，每次上下课都要从这些车库、破旧的棚板房中间的小路里跑着走，这些功夫也都没有白费……将来，他会给所有人看到他努力的成果！绝对不会比老虎差……

突然在他的面前出现了三个黑影。克什卡试着绕开这些人，但是他们就像一堵墙一样一动不动。克什卡的腿不知怎的就不听使唤了，胃里感到十分难受，似乎肚子里所有的东西都搅作了一团。这会儿他才突然明白，他带着贵重的小提琴在别人家漆黑的后院间跑来跑去实在是愚蠢的做法！

"你手上拎的是什么玩意儿，乐器吗？来来，给哥儿几个弹一个。"一个瘦高个儿说道。

克什卡晃了晃脑袋没说话，紧紧地抓住小提琴。

这几个人一边笑着，一边把香烟吐到克什卡脸上，拽着他要把他带到什么地方去。

"正好我们老大是个文化人，他也喜欢音乐。"说话的还是那个瘦高个儿。这伙人开心地哈哈大笑起来。

"这回死定了。"克什卡脑子里一片慌乱，就跟犯了寒热病一样："真是个蠢货啊！光想着保守什么秘密，看看，看看，准是书读多了脑子傻了……应该跟正常人一样走大路的嘛，反正一样都是黑黑的，谁也不会发现……现在该怎么办呢？怎么办呢？！"

第八章 赫尔采尔

他尽量自己走，不让那伙人碰他。他和老虎不知道在这些车库之间跑过多少次了，从来没想到有一天会觉得这个地方这么讨厌。脚底下是各种脏东西，门上都是生锈的锁……只有一扇门是开着的，恐怕……是的，看来就是这里，门发出嘎吱嘎吱的响声，听得人耳朵都痛起来，克什卡被推了进去，门砰的一声关上了。

这里头一股子霉味儿。一个小灯泡发出昏暗的光，角落里有一张好像是由各种箱子和铁皮堆起来的小桌子。

小桌子后面就坐着他们的"老大"——一个留着乱蓬蓬的头发的、戴着墨镜的小伙子，比克什卡大不了多少。"这里这么黑，干吗还要戴墨镜呢？"克什卡心想。他看到桌子上有一本打开的书，是硬皮精装本，封面朝上扣在桌上，封面上写着《斯特鲁伽茨基兄弟》[1]。

克什卡一下子就松了一口气。看起来，这个男孩子也算是正常人，应当好说话。

"老大"把头往旁边歪了一下，用沙哑的嗓音说道：

---

[1] 阿卡迪·斯特鲁伽茨基和鲍里斯·斯特鲁伽茨基是著名的苏联科幻小说家，这本书是他们的作品合集。他们最著名的小说《路边野餐》后来被安德列·塔科夫斯基以《潜行者》为名搬上银幕。另一部作品则与电影《阿凡达》的剧本有一些版权争议。国内有一本《世界著名短篇小说分类文库：科幻小说》曾收录过他们部分作品的中译。

"哎,快滚出去!赶紧的,你们这些木头!"

三个人像一阵风一样,一下子就消失了。克什卡害怕起来,身体缩了一下。

"老大"摘下了墨镜,用一只眼睛看着克什卡。而另一只眼睛呢,就跟往常一样,不知道看到哪里去了——是赫尔采尔!

"你好啊,英诺森。对不起啦,我这些怪里怪气的哥们儿吓到你了。你别看他们野蛮,其实他们算不上地痞流氓。他们只是有点儿……有点儿脑子不好使。别太往心里去。"

克什卡总算是舒了一口气,一屁股坐到某个箱子上,问道:

"你怎么跑这儿来了?"

"就这么来了。嗯,还没为螺丝钉儿的事情谢谢你呢,真是好样的!"

"这……那次也不是我……也不是我一个人……"

"人家跟我说,就是你。"赫尔采尔肯定地说,"是你挑的头。好样的,就应该这样。我可不是傻子,无缘无故去干那种事。"

"你到底怎么了?真得把他揍一顿吗?"

第八章　赫尔采尔

"那还用说！都打出血来了！"赫尔采尔笑起来，克什卡却感到有点不自在了。赫尔采尔接着说，"他就是个畜生，居然拿我爸说事儿……说什么，老子跑去教荷兰人，自己的儿子在这里学成这样。老子脑子有病，儿子脑子也有病。我后来给在阿姆斯特丹的爸爸打电话，就连他都说我揍得对。你想想，我爸爸和他是老相识了。曾经在大学里的同事，就是在俄罗斯的时候。后来我爸爸无缘无故被开除了，根本不知道为什么，之后就去了荷兰。这个螺丝钉儿想必也在其中掺和了一脚呢！"

好你个廖夫卡·赫尔采尔啊！原来廖夫卡的爸爸真的是数学教授?!看来廖夫卡揍螺丝钉儿是事出有因啊。如果有人也这样骂克什卡的爸爸，克什卡也会狠狠地揍他的。赫尔采尔果然是好样的!

"那你现在在新学校里过得怎么样呢？"

"唉，别提了。怎么说呢……从开始就没好日子过。这伙人一上来就……你猜把我怎么着了？把我脑袋按到垃圾桶里去了……"

"怎么会这样？"克什卡吓了一跳，"怎么可以这样?!后来呢?!"

"喏，我就'开启疯癫模式'咯，大喊大叫、双手乱挥、见谁打谁……你知道的，我最擅长这个。可要让他们好好记着，哈！当然了，可把他们给吓坏了。从此之后，我就一个人独来独往，谁也不会来惹我，我也不去招惹谁。不过这也是一开始。"

"那后来呢？"克什卡问道。他自己过着平静而富足的生活，而就在他的身边，却有着这样一番景象，想到这里他就觉得可怕。

"后来有一次，替一个瘦高个儿打抱不平……算是我自己找事儿。喏，就是你刚才见到的那个，真是少见的傻大个儿。他有一个小妹妹，可他根本就不会照顾人……哎呀，总之，谁都想揍他。也不知怎么的，我就可怜起他来。从此以后他就跟着我了。就像一条小狗一样，其实也挺可怜的！他身边也有一伙人，这些人呢——唉，简直可怕，个个都应当送到疯人院去！当时的情况就是，要不我和他们混在一起，要不然就是与他们作对……我下定决心不跟他们混在一起。喏，就跟打仗似的，得挑边儿。不知怎的，瘦高个儿的一个朋友也突然投奔到我这儿了，连我自己都不知道怎么回事。然后你看，就找到了这么个车库，这个车库是克罗哈的舅舅的。

第八章 赫尔采尔

克罗哈就是那个，紧跟着瘦高个儿的那个——他过了不久也跟着我了。你看，他们都叫我老大……你别害怕他们，他们其实什么坏事儿都做不出来，仅仅是吓吓人而已。他们只是觉得如果人家都怕他们，就说明他们很厉害。简直就是一群尼安德特原始人[①]。你应该没被吓坏吧？"

"不，廖夫卡，我就像做了一场噩梦！"

连克什卡自己都没预料到，他居然一股脑儿地把自己的事情全都告诉了赫尔采尔。关于小提琴，关于爷爷，关于塔尼娅的爸爸，还有关于他的使命，也就是他必须要学会拉小提琴，而且必须要学会演奏手上这把小提琴！

不过关于塔尼娅·索洛维约娃，克什卡没有说太多。塔尼娅就是塔尼娅嘛，本来也没什么好说的。

克什卡后来一直也没搞明白，为什么赫尔采尔这样一个学习成绩不错，又比谁都要痴迷于阅读的小伙子，会和这样一帮人混在一起。他只是觉得当初害怕赫尔采尔一点儿都没

[①] 尼安德特人，简称尼人，也被译为尼安德塔人，常作为人类进化史中间阶段的代表性居群的通称。因其化石发现于德国尼安德特山洞而得名。

错——不管怎么说，这个人确实有点儿魔怔。不管他自己怎么说，明眼人都看得出，他其实挺喜欢扮演这种黑手党的角色的。大概也是书读多了把脑子读坏了……

不过现在克什卡什么都不用怕了，至少在这块地盘上谁也不敢惹他了。

奇怪了——为什么小提琴的事情坚决不可以让老虎知道，尽管他是这个世界上最好、最善良的人，而和赫尔采尔说起来却那么轻松呢？而且，为什么这个奇怪的、来自另一个世界的廖夫卡·赫尔茨一下子什么都明白了？

* * *

……在这一学年结束的时候，米哈伊尔·所罗门诺维奇最终还是把克什卡好好儿表扬了一番。他说：

"不错，你可真行啊！我可从来没想到呢，真是好样儿的！"

不过并不是表扬克什卡拉琴，而是克什卡在市奥林匹克数学竞赛中获奖了。

第九章
小鸭子镇

暑假的时候，克什卡完成了一项不算太大的壮举，可以说是很安静低调的那种壮举，不过还是值得为此得意一番的。

这个暑假他要在乡下的安娜姨妈那儿度过。那个小镇有个滑稽的名字叫做"小鸭子镇"。那里有森林、小河，最重要的是——有彻底的、令人兴奋到发疯的自由！安娜姨妈整天都在工作。而当她回家的时候，还可以和她一起玩国际象棋，下跳棋，玩海战棋。世界上没有什么游戏是安娜姨妈不会玩的，而且不管玩什么，安娜姨妈总能赢。安娜姨妈也从来不会让着克什卡——"怎么，克什卡还小，那又怎么样？"然后就是和他聊天，聊啊聊，一直聊到快要天亮，什么都聊，聊关于世界上的所有东西！而且安娜姨妈从来不赶他去睡觉，有的时候克什卡都感到不好意思了——他白天可以睡懒觉，而安娜姨妈明天还得上班呢……总的来说，克什卡想不出还有比安娜姨妈更合适的玩伴了。

"你在小鸭子镇能干些什么呢？你会无聊到疯掉的！"爸爸不解地询问道。

第九章 小鸭子镇

"我在那儿……我可以去学意大利语啊!"克什卡灵机一动。

"就这样直接学意大利语?怎么突然对这种但丁[①]使用的语言感兴趣了?"爸爸说着就笑了起来。虽然不大相信,不过爸爸还是把意大利语课本和相关的学习光盘给克什卡都整理了出来。

星期六,爸爸开车把克什卡送到了小鸭子镇。镇子离克什卡家只有三十公里左右,不算太远。当然,不算太远是说如果开车的话。

星期一,安娜姨妈刚出门上班,克什卡就骑上她的自行车往城里走。他要一直骑回家里去取小提琴。

刚开始的时候就这么沿着公路骑行,克什卡还有些害怕呢。不过好在路上的车子并不算太多,那种脏兮兮的大型货车驶过的时候,克什卡就停在路边等他们过去。很快克什卡就习惯了,再有车从后面超车的时候,克什卡都不用刹车的,稍稍往路边排水沟方向让一下就完事儿了。

他就这么轻轻松松地骑到了城里,连自己都感到不可思

[①] 但丁(1265—1321),意大利诗人,现代意大利语的奠基者,著有《神曲》。

议，甚至有点小小的失望——他原本以为这应该是一项壮举，结果却这么轻松就完成了，稀松平常得很。

他没有在家里逗留太久。除了从冰箱里拿了一块肉饼吃，其他什么都没碰，就像探案的侦探那样，没留下一丝来过的痕迹！至于肉饼，妈妈可不会仔细去数这些肉饼，所以根本不会发现克什卡回过家。克什卡跷着腿，窝在他最喜欢的沙发上休息了一会儿，他犹豫着要不要把之前忘记带走的雷·布莱伯利[①]的小说也带上。不过爸爸估计已经发现克什卡把书落在家里了。实际上克什卡偷偷从他的书架上拿书看这件事，他一直都一清二楚。还是让爸爸下次开车到小鸭子镇的时候顺便带过来比较好。

克什卡叹了口气，把布莱伯利的书放回了架子上。他把小提琴绑在背上（他提前在提琴盒上绑好了带子），小心翼翼地关上家门。跨上自行车，朝着小鸭子镇出发了。

开始的时候，背在身上的小提琴还很轻，几乎没有重量，可是在这段路程接近末尾的时候，克什卡觉得背上的小提琴

[①] 美国科幻、奇幻、恐怖小说作家。代表作品有《火星纪事》以及重要的反乌托邦作品《华氏451度》。

第九章　小鸭子镇

已经变成了低音提琴①,不仅重,而且背在身上特别不舒服。克什卡机械地踏着踏板——左,右,左,右……早已汗流浃背,尽量让自己什么都不想。

可是他脑子里还是浮现出了阿列克谢·马列西耶夫②的形象,紧接着又想起了《人类的大地》③,想到主人公纪尧姆如何徒步穿越了沙漠,那么多天在沙漠里,既没有食物,也没水,几乎没有一点走到人类社会的希望。但他还是走到了……克什卡就这么骑啊,骑啊,脚踏板转啊,转啊,他已经不在乎骑得有多快了,只要还在向前进就行。左,右,左,右……

最后一段路他抄近道骑进了林间小路。这时他的腿已经不大听使唤了,轮子又卡在了树根上,结果就从车上摔了

---

① 比大提琴的体积还要大的一种提琴。
② 经历十分传奇的苏联飞行员、"苏联英雄"。他在伟大的卫国战争期间,曾击落敌机 4 架。后在空战中受重伤,却顽强地学会了使用假肢驾驶飞机并重新参加空战,又击落敌机 7 架。他一个人先后升空作战 86 次,总共击落敌机 11 架。战地记者波列沃伊在战后基于马列西耶夫的故事写出了小说《真正的人》,并于第二年荣获了苏联国家奖。该小说后来又被拍成电影。
③ 《人类的大地》(英译名《风沙星辰》),是《小王子》的作者,法国飞行员安东尼·圣-埃克苏佩里(又译圣艾修伯里、圣埃克絮佩里、安托万等)的另一部知名作品。

下来，不过心里甚至觉得挺高兴。他脸朝下摔在了凉凉的草地上，鼻子戳进了一丛蒲公英里，他索性就这么趴着，差点儿没睡着。但是他又突然跳了起来，就像被电击了一样：小提琴！"摔得应该不算太重，还行……小提琴还在背上，没有直接撞上地面。"他思索道，手忙脚乱地把带子解开，打开琴盒。

谢天谢地，看起来一切完好无损，没有走音。克什卡用指节敲了敲琴的面板，也就是小提琴的肚子。如果琴身上有裂缝，他可以从敲击琴板的声音上分辨出来。道理类似于敲击陶瓷杯：如果杯子是完整的，那么敲击声则是充满共鸣的；而如果是有裂缝的陶瓷杯，则无法发出那种共鸣声。现在听起来，提琴是完好无损的。克什卡突然有种冲动，想把琴架在肩上拉奏一曲，就在这个地方，在这个树林里。不过他又不知为何突然害羞起来——万一树林里有人听见了呢……

他赶在安娜姨妈下班回家前一个小时回到家里，把小提琴藏在床底下。也不知从哪儿来的力气，克什卡在水还很凉的小河里洗了个澡，还顺带把自行车洗干净了。

不过第二天一早，他差点儿没能从床上爬起来。全身上下没有一处不疼的，两条腿、两条胳膊、肩膀、背……不过克什卡为自己感到万分自豪。虽然算不上什么伟大的成就，不过毕竟骑了六十多公里……不管怎么说，至少值得和米哈伊尔·所罗门诺维奇说说，还有塔尼娅，也得跟她说说，为什么不呢？

小鸭子镇的夏天简直是完美的。很长一段时间，克什卡连小提琴的套子都没有打开过，更别说练琴了。这段日子是慵懒的，克什卡除了看书，每天什么都不做。突然有一天，他决定开始认真学习意大利语，连自己都不知道为了什么，就是有那么一股倔劲儿上来了。他会带着书本和耳机去森林或河边学习，很快就掌握了四节课的内容，后来又觉得没意思了。就这样过了一个月，克什卡终于第一次拿出了藏在床底下的琴盒。

在拿出小提琴的一瞬间，克什卡突然间意识到自己是多么想念它！

他立刻操练起来。姨妈家里没有一个人，谁也不会来妨碍他，想怎么练就怎么练。克什卡只花了一个星期时间，就把米哈伊尔·所罗门诺维奇布置的曲目都练熟了。接着他还从课本的最后几页挑了一些更为复杂的曲子来练，米哈伊尔·所罗门诺维奇布置的曲子对他来说已经显得太简单了。说实在的，克什卡可以算是小有所成了，确确实实的小有所成！

他突然发现，自己可以仅仅凭着记忆，自由地拉出在任何地方听到的任何旋律，这让他自己吃了一惊。甚至从来没有听过的旋律，他也能创作出来……

这是真正意义上的突破。可以作曲了！他创作了三段还算不错的旋律，想尝试着记录下来，虽然并不算特别成功。不过，不管怎么说，这是他自己创作的，属于克什卡的曲子！

当爸爸来电话告诉克什卡，全家人要和安娜姨妈一起去海边度假时，克什卡甚至还有点舍不得就此离开小鸭子镇呢。

在出发的前一天晚上，安娜姨妈突然对克什卡说道：

"亲爱的，这次可千万别再搞你的骑行马拉松了，好吗？如果你需要，我可以帮你带着小提琴。"

克什卡耳朵发热,脸涨得通红:

"你都知道啦?!你怎么知道的?!"

"是安季波夫娜阿姨说的。她当时正好坐公交车去城里,这不,就看见你骑着我的车了嘛。"

唉,好一个无所不知的邻居安季波夫娜阿姨!真是话匣子关不住的包打听啊!

"你怎么不早点告诉我你已经知道了呢……害得我像个傻子一样,每次练琴都要偷偷摸摸的,像打游击一样……荒唐啊……"

"不是啊,克什卡,我开始也不知道你为什么要偷偷跑回城里。起初我还以为你回去和小女朋友约会呢……"

"是啊,是啊!"克什卡鼻子里轻轻哼了一声,"我当然会为这个跑一趟!管它什么奇怪的理由我都会跑一趟的。"克什卡有些害羞起来,不过心里其实还是感到很高兴的。他自己也不知道为什么。

"后来有一次我听到你拉琴。"安娜姨妈接着说,"那天我稍微提前下班了一点,听到琴声后都不敢相信自己的耳朵。"

"为什么当时不告诉我呢?"

"因为我想，还是应该让人家保留一点自己的秘密好。难道不是吗？"

这样最好，确实如此。

"那现在为什么你又告诉我了呢？"

"这样的马拉松一次就够了，我可不想再来一次！万一让什么大货车撞到。你爸妈应该不知道你这个小爱好吧？"

克什卡摇摇头。

"那就等你愿意的时候再和他们讲吧。我从来不透露别人的秘密。"

"谢谢你，安娜姨妈！"克什卡舒了一口气。

"别想说声谢谢就蒙混过关哦！"安娜姨妈笑了起来，看起来和妈妈特别像，"克什卡，你给我拉个曲子吧，好吗？"

克什卡还从来没有为谁演奏过呢。他十分紧张，有点怯场。与此同时，他也感受到某种新的、别样的情绪。也许是自豪，又或许是别的什么。要知道，他已经掌握了某种技能了！他激动得双手都有些颤抖了。这种情绪里还包含着幸福感，克什卡惊异地细细体会着这种感觉。"原来幸福感是确确实实存在的啊！"克什卡想。之前只是常常会想起某些自己感觉良好的时刻，又或者是相反，期待着某种美好的、开心的时刻的到来。而现在这个时刻，幸福感是存在于当下的，实实在在的！

克什卡还想到了爷爷："爷爷提前为我预备了这样一段生活，真是再好不过了！"

绿色的意大利笔记本

4.卡斯托尔和波吕克斯

文森佐突然惊醒了，感觉好像被谁撞了一下。他似乎在梦里想到了什么，但是是什么呢？为什么他会睡在椅子上，而且连外衣都没脱？屋外，天刚蒙蒙亮。蜡烛烧完了：谢天谢地，一切都完好无损——一间堆满木料的制琴作坊，难道能这样任由蜡烛烧一夜吗？！地上还有一个空酒瓶……难道文森佐已经变成了一个无所事事的酗酒醉汉了？

文森佐跳了起来，在房间里踱来踱去。他做了一个什么样的梦呢？海风徐徐，沙滩上有一排足迹……他和儿子。天啊，哪来的儿子呢——文森佐根本没有孩子！啊，是昨天来的那两个人……谢天谢地，看来他不是一个人干掉了一整瓶酒。那两个人带了两把琴来……不过，那个彼特罗拉得真好啊！简直好到难以形容。

文森佐开始把那些碎木片拼在一起，这简直是不可能完成的疯狂的任务。怎么可能去做这样的事情？理论上确实不难，只要一片一片这么黏起来，但是这一片一片有无数片，就好像无比复杂的拼图一样，这有什么意义吗？这样拼出来的琴怎么也不可能发出之前应有的声响了。再说了，一旦气温、湿度稍稍变化，这些拼起来的地方就会重新开裂。哎呀，应该把整个琴板都统统重做！

文森佐拍了一下额头：肯定的啊，多简单的一件事啊！怎么一开始没想到呢？他做梦就是梦见的这个啊。他梦见自己做了一把新琴。底板和侧板都是用上好的枫木做的，琴颈和弦轴是乌木的。该有的材料他都有，除了最重要的一种——用于制作面板的、稀少的、具有良好共鸣特性的云杉木……为了街头艺人做一把这么好的琴，又没有酬金，这完全没有道理啊，根本不可能啊。谁知道呢，这个什么彼特罗可能拿到琴的第二天，就会在一个莫名其妙的小酒馆里被抢劫一空，或者就像这次一样，在路上被马蹄子踏过，但是话说回

第九章 小鸭子镇

来——又有谁凭什么能阻止他文森佐做这把琴呢?他就是要为这个盲眼的流浪汉彼特罗做一把比谁的都好的小提琴!

然后他突然就记起来——其实他一直记在心里深处,从未忘记——他有一些上好的木料,伟大的木料,是老制琴师留给他的礼物!就在这儿,干燥的云杉木木板,音色清脆响亮,就像是小男孩的嗓音!他总是把这些木料留在以后用。时候还早,时机未到。木料还没有完全准备好。再后来就是他自己,文森佐自己没有准备好。而现在,一切都准备好了,就像拼图突然被拼好了一样。又或是像天上的星星,突然间排在了百年一遇的位置上,也许这样的情景以后再也不会有了。

他要做一把自己最得意的作品,并且把全部的心都放进去!是的,现在他明确地感受到自己的心是实实在在地存在的。

文森佐再一次点起蜡烛——虽然天已经亮了,但是太阳还没有升起。他已经把整个木料敲着检查了一遍,已经提前看到了琴的雏形。这里是隆起的琴面,这里两侧各开一个狭长的音孔——f 孔,这里是琴头的旋首。木料绰绰有余,实在是绰绰有余!也许,可以做出两把琴来。文森佐立马着手测量起来,并且决定了:就做两把琴。哥哥和弟弟一人一把。这是一对双胞胎提琴,他们来自同一块木料、同一棵云杉,有着共同的根系和簌簌作响的一捧针叶。

"我要为他们起名为卡斯托尔和波吕克斯①。"文森佐想道,"就像那对一起去取金羊毛的亲兄弟一样……这对双胞胎兄弟几千年都没有分开过,一直在天上为航海的水手们指示着方向。两颗星星的名字,卡斯托尔和波吕克斯,将成为这两把小提琴的名字。他们将是确确实实的双胞胎兄弟!"文森佐咧开嘴笑了,就像终于猜出了某个费解的谜语一样。

文森佐一边唱着歌,一边开始忙碌起来。

---

① 双子座的两颗主星的名字。

第十章
彼得卡以及另一位重要人物

"塔尼娅,你给我讲讲你们家这个彼得卡吧,行吗?"

此刻,塔尼娅和克什卡正坐在校博物馆的五楼。塔尼娅坐在窗台上,克什卡则坐在消防梯上。这是个难得的好地方,任何时候都不会有人来这里打扰他们聊天。

"彼得卡这个人……他是一个,就像大家说的,是个神童——十岁的时候就和交响乐团合作开演奏会了。水平相当了得。学校里教他的那个女老师常常把他带到爸爸这里来,因为她自己已经教不了了。

"后来彼得卡的妈妈突然去世了。之前彼得卡一直和妈妈两个人相依为命。在这之后,彼得卡只能去找他的某个亲戚……可能是姨妈之类的,那个人不喜欢小提琴,也不喜欢彼得卡,应该说是对彼得卡无甚好感。彼得卡就天天到我家里来,整天都待在这儿听音乐、读书、练琴。我妈妈会给他煮饺子吃,妈妈煮的饺子超级好吃。你将来会知道的……

"后来,彼得卡就会在我家里待到很晚,甚至过夜。再后来他就不怎么回他姨妈家了,基本上就住在我们家。那个时候我还很小,他就天天跟我一块儿玩,像个大哥哥那样,我们一起散步,做游戏,读书什么的……

"后来他去了市音乐学校。爸爸带着他参加各种比赛,

第十章　彼得卡以及另一位重要人物

他还拿了两个奖。爸爸计划着下一步就送他到莫斯科继续深造……

"可是突然间，美国有个人自称是他的亲生父亲。"

"这是什么意思，自称?！这个人之前跑哪儿去了？"克什卡愤愤不平地说道。

"克什卡，你完全就是小孩子脾气嘛。这也是可能的啊……这个人一直都在美国生活。之前他根本不知道自己还有个儿子呢。"塔尼娅解释道。

"或许，这个人根本就不是彼得卡的爸爸？"

"不可能，因为你不知道他们长得有多像啊！这个叶尼亚舅舅到我们家的时候，彼得卡一开始是不愿见他的，就躲在沙发后面。后来不知怎的就达成了共识，彼得卡最后终于同意跟着叶尼亚舅舅到美国去继续深造。"

"那你爸爸怎么办呢？"

"其实，不管怎样，彼得卡都是要走的。我们这里只有音乐学校，而他应该去音乐学院深造。要不然就去莫斯科，要不然就去其他地方……美国那边的教授也很不错，是从敖德萨[①]出去的。总的来说，美国的音乐学院实力不俗，彼得卡这么快就能够被录取，爸爸很为他感到自豪。而且爸爸很

---

① 敖德萨，黑海沿岸港口城市。

高兴彼得卡不再是一个人在美国,而是和他自己的爸爸在一起。他们甚至为彼得卡去美国做好了准备——妈妈一直在帮彼得卡辅导英语……当彼得卡走的时候,妈妈还是哭了……"

"那现在怎么样了呢?"

"什么现在怎么样了?就这样啊……他住在美国,有时候会打电话回来。一般是新年或者有人过生日的时候……"

克什卡和塔尼娅都沉默了。能说些什么呢?克什卡突然很想好好地揍这个彼得卡一顿。塔尼娅补充道:

"不久前叶尼亚舅舅还打电话来,就是彼得卡的爸爸,他想把小提琴的钱给爸爸。"

"什么小提琴的钱?"

"爸爸送了一把琴给彼得卡。因为彼得卡没有自己的琴。"

"难道……难道就是那把罗吉尔里?那个'意大利人'?"

"嗯,对的……爸爸似乎也用不着这把琴,而彼得卡却总要出去演出。"

"你爸爸肯定没收钱吧……"

"你说什么呢,哪儿来的钱的事儿!这把罗吉尔里也是

第十章 彼得卡以及另一位重要人物

音乐学院的教授送给爸爸的。这下又送出去了，好像是结清了某种债务一样。"

上课铃声响了，该去上数学课了。克什卡本想起身去上课，却被塔尼娅拦了下来。

"克什卡，我还有一件重要的事情要跟你说，是关于萨沙卡·沃尔科夫的。"

没事儿，数学课就暂缓吧！现在换了个新的数学老师，是个叫阿廖努什卡的女老师。她特别宠爱克什卡。毫不夸张地说，克什卡身上沾了点灰尘，她都会关心地帮他吹下来。

"是这样的，昨天萨沙卡来家里了。你还记得吧，上次爸爸把他骂得够呛。他可好，完全就不练琴了！"

"这怎么能行，他马上就能拿到证书了！"

"是啊，然后就可以去音乐学院继续深造了。萨沙卡就要结婚了……学了这么久的专业准备就这样放弃了，你想想看！"

"你是说我们这个萨沙卡，要结婚了？！"克什卡几乎要笑起来。

"是啊，爸爸也这么说，这都是什么鬼玩意儿！后来又说：'既然给了你天赋,你就要为此负起责任来……'"

"你这是偷听来的吧,啊?"

"得了吧你,还说我!"塔尼娅气鼓鼓地反驳道,"就算是偷听又怎样,爸爸喊得可响了,整个屋子都能听见!他说他对萨沙卡寄予厚望……说什么他一辈子净遇上这样的学生了——先是彼得卡,现在又是萨沙卡。随后他就说:'将来还有,还有这个疯狂的小男孩儿……'"

"小男孩儿?是说谁?"克什卡问道。但是他立马就反应过来,随即脸和耳朵就涨得通红……

塔尼娅笑了。

"他的学生里只有一个是小男孩儿,其他的都是大学生。萨沙卡还说:'你的这个小男孩儿将来一定超过我,肯定的!'爸爸说:'如果不半途而废,那么也许有可能超过你。'你知道吗,我从来没问过类似的问题,但还是没忍住。等萨沙卡走了之后,我就问爸爸:'克什卡真的那么有天赋吗?'"

塔尼娅突然不说话了。克什卡还是没忍住,先开口道:

"然后呢,他怎么说?"

"他说:'是的,非常有天赋。'他说他从没见过像你这样的。"塔尼娅轻声说道,"就算彼得卡,也没有像你这样……爸爸大气都不敢朝你出一口的,就怕把你吓跑了。他说,你这样打游击战似的悄悄练琴,总有一天会被人发现的,之后你就会没有动力继续这样练下去了……不过他一直叫我不要对你说这些。"

"那你现在为什么要告诉我呢?"克什卡红着脸坐在那里,就像一枚西红柿。

"爸爸是怕你得意忘形,但是我知道你不会的。"塔尼娅大大方方地回答道。

克什卡突然之间就感到特别特别美好。

"我不会得意忘形的。"他窘迫地嘟囔道。

塔尼娅又追问道:

"克什卡,你倒是说说,你到底是怎么打算的呢?你会去音乐学校继续学习吗?你是想成为音乐家吗?"

克什卡耸耸肩。他确实还没有想到这一步。如果去学音乐的话,数学怎么办?

"我只是想把琴拉好。以后的事,以后再说。"

"爸爸也是这么个意思。"塔尼娅舒了一口气,"他说,你会放弃练琴的……"

"我不会放弃的,"克什卡说道。他怎么会放弃这一切呢?而且,连米哈伊尔·所罗门诺维奇都说他有天赋……

克什卡和塔尼娅分别从两条不同的路跑。去上数学课,塔尼娅先跑,克什卡随后,省得有人到处说闲话。不过克什卡的脑袋里一点儿都没有在想数学的事儿。米哈伊尔·所罗门诺维奇真的认为他,克什卡,可以成为一个真正的小提琴演奏家吗?

"克什卡,你已经把题目解出来了?"

"还没有,阿廖那·德米特里耶夫娜[①],我马上就好……"

老虎用胳膊肘顶了他一下:

"你怎么了?你不是都做完了嘛!"

克什卡看看自己的本子,算式也列出了,结果也有了……确实,全都做完了,他自己却没发现!

要是其他所有科目的作业都能像这样自动完成就好了。

[①] 俄罗斯人均用"名"加"父称"的形式称呼老师以示尊重。阿廖那·德米特里耶夫娜就是前文提到的新数学老师阿廖努什卡。

第十章 彼得卡以及另一位重要人物

绿色的意大利笔记本

5. 只要来得及就好!

只要来得及就好!只剩下一点点工作要做,只需要半个小时。只要再涂上最后一层清漆,完美的新琴卡斯托尔就大功告成了。接着他就可以和自己的双胞胎兄弟波吕克斯会合,一起等着晾干了。文森佐很少给自己做的琴起名字,他觉得这样似乎太矫情做作了。可是这两把琴不一样,这是为街头艺人兄弟做的琴,他决定用两个永不分离的双胞胎兄弟的名字为这两把琴命名。而且更重要的是,这两把琴的两块面板来自同一块木料!

文森佐已经知道,波吕克斯制成了,而且恰恰就是他想要的样子。这把琴比正常的琴要稍微小一些。文森佐让他的音量显得稍小,但是音色更加深沉、温暖,令人联想起冬日的阳光……波吕克斯是为两兄弟里的哥哥订制的,也就是马尔科。剩下的事情只有上紧琴弦试音了。这是文森佐到目前为止做过的最好的琴。只是到目前为止,因为他已经快要完成第二把琴了——也就是卡斯托尔。

卡斯托尔……文森佐温柔地看着这把琴。他像给婴儿穿上衣服那样，给这把琴涂上一层清漆。文森佐预感到这是一把伟大的琴。不过他难道不会出差错吗？他希望做出一把与众不同的琴，一把就像那个将要拉奏这把琴的小提琴家——彼特罗那样不凡的琴。这个愿望是如此地强烈，那么，愿望实现了吗？

现在，只要他还来得及完成这项工作就好……手工制琴十分耗时。文森佐感到自己病得厉害。不对，不是生病，而是正在死去。其实他的身上并没有任何病症，只是已经耗尽了所有气力。他已经一个星期几乎什么都没有吃了，因为肠胃已经不接受任何食物了。甚至从床上起身都需要巨大的努力……连动一动手臂，甚至睁开眼睛的劲都快没有了！现在他就这么坐着，双手垂在两侧，没有力气再工作了。只剩下一步了——再上最后一层清漆！

他终究还是感到幸福的。他觉得自己完成了人生中最重要的一件事。现在，就等着他把这件事彻底完成，来得及的！那两兄弟周六就来拿琴了。他可能撑不到周六了……怎么才能安排好一切，使得这两把琴交到正确的人的手里呢？

第十章　彼得卡以及另一位重要人物

"文森佐！你怎么了，老爷子？"门并没有上锁，来访者很容易就进到了屋里。谢天谢地，来得可真及时啊！

"文森佐，你这是怎么了？我现在就去叫医生来！"

"不用……叫医生。"文森佐每说一个字都要克服极大的痛苦，"太高兴……看到你……吉罗拉莫……"

这位圣多马教堂的管风琴师正是文森佐现在需要找的人！这恰恰是他唯一可以信任的人。

"我……需要你的帮助。我快要死了，吉罗拉莫。"说完这些，文森佐突然觉得自己很好笑：有什么呢，没什么可怕的啊！死亡仅仅是一个简单、普通的事实。他不由得想起了他和老师傅的最后一次对话。不过吉罗拉莫并不想听他说这一个简单、普通的事实。

"你在说什么鬼话啊，文森佐！我现在就把你送到医生那儿！你才四十岁啊，就要把自己的灵魂交给上帝吗？来吧，快站起来！你还得给我儿子做一把大提琴呢！"

文森佐笑了：管风琴师的大儿子才六岁，要等到他拿得动大提琴还早呢！而他爸爸却已经着急忙慌地要让他成为音乐家了！

"别白费这些口舌了。我……我做了一把琴。你试着拉拉看。"

文森佐朝着波吕克斯点了点头。吉罗拉莫丧气地看着文森佐，看得出来，他还是想去找医生来。但是文森佐显得十分平静，在那里等着吉罗拉莫试琴。圣多马教堂的管风琴师并不傻，他什么都明白。

他小心翼翼地拿起波吕克斯，生怕弄坏了刚涂上去的清漆。

"这把琴很小巧，线条非常优雅，非常……"吉罗拉莫凝视着琴说道。

文森佐又用眼神示意吉罗拉莫：吉罗拉莫自己知道去哪儿找弦和其他东西。这几年他在作坊里晃来晃去也不是白待的：把弦绕上弦轴，把琴马架好。最后他拿起弓来，拉动了琴弦。波吕克斯发出了第一声声响。文森佐一听就明白了：成功了！

吉罗拉莫拉了一遍音阶，就像爬楼梯一样。一把新琴就好像是一座人们还不太熟悉的房子，吉罗拉莫好奇地跑到每个房间都看了一眼，顶层的阁楼也要看一眼，地下室也要看看……尽管这栋房子不是什么金碧辉煌的宫殿，但是所有房子都非常地舒适、干净、敞亮。吉罗拉莫就想住在这样的房子里！他越拉越喜欢，和这把新琴磨合得越来越完美。在这座不算太大的舒适的房子里有一些偏僻的房间,房间里突然出现了古代大师们的壁画……这把琴的音色虽显得低调,却很是丰富——可以奏出很柔和而温暖的声音,也可以奏出有力,甚至严厉的声音!吉罗拉莫想起了一段自己十分钟爱的旋律。他知道文森佐也喜欢这段。

这是文森佐第一次得到了自己想要的那种音质。这把琴的发音明亮而准确,就像冬日里透过迷雾的阳光。

管风琴师终于放下了琴弓,小心地把琴从肩膀上放下来。

"真是一把极为出色的琴。恭喜你,文森佐。这应该是你最好的作品了吧?有买家了吗?"

文森佐点了点头。他很愿意把琴送给吉罗拉莫,钱对于他来说已经无所谓了,但是波吕克斯是为别人准备的。

"太可惜了……"

"你再试试这把。"文森佐朝着卡斯托尔点了点头。吉罗拉莫不慌不忙地为卡斯托尔也装上了弦,就像文森佐教他的那样。一切准备就绪,卡斯托尔也要初次登台试音了。之后他的声音会发生变化,会越来越好——乐器需要不断地拉才能充分拉开,并不是一上来就能展现全部潜力的。不过文森佐已经十分清楚,卡斯托尔以后的声音会变成怎样。

文森佐闭上眼睛，向后一仰躺倒在椅背上。他笑着，想到自己以前一直非常羡慕罗吉尔里的成就。不过那是从前了，现在他不羡慕了。这不，他自己——文森佐，做的琴一点儿都不比罗吉尔里差。

吉罗拉莫连连点头：

"你从哪儿搞来的这把琴？别那么一脸坏笑了，我知道这肯定不是你做的。别和我开这种玩笑，你是个水平不赖的制琴师，这我知道，但是这件绝对不是你的作品。是谁做的？"

"罗吉尔里。"文森佐笑着说道。

"我刚才就是这么想的……真是一把好琴，无与伦比地好！难道……你到底在笑什么啊？！"

"哈，你上当了，就和小孩子一样好骗！难道你真的以为……我疯了吗……把原来罗吉尔里琴的漆全部刮掉……然后再涂上我自己的漆？你难道闻不到新鲜木料的香味吗？"

吉罗拉莫红着脸闭上了眼睛：

"文森佐……请原谅。这是你的琴，我懂了。你是一位真正的大师，伟大的制琴师。你……哎呀，我这是在干什么啊，你病得这么重！我现在就去找医生，你一定会好起来的！

你会名扬千里的！你还会做出更多杰出的琴来的！"

"站住！"文森佐严厉地说道，"不要浪费时间啦。我有一个请求：星期六会有两个人来取琴，他们看上去和流浪汉没有什么两样，但是他们……你不必在意这些。你必须把这两把琴交到他们手里。这是为他们做的琴。明白了吗，吉罗拉莫？千万不要把琴给别人！他们已经……把钱付清了。这是给他们的……你一定要对我保证！"

吉罗拉莫答应了文森佐的请求。文森佐终于可以安心了。

管风琴师一离开，文森佐就睡着了——他一点儿力气都没有了。当他再次醒来时，天已经快黑了。他突然感到精神焕发，实在是令人惊异。

这天晚上他完成了所有的工作——"冬日暖阳波吕克斯"和"伟大的卡斯托尔"这两把琴。春天来了，只有春天的太阳，真正的、炽热的太阳才能帮助他完成最后的工作：晒干木料，为琴添上明亮的琥珀质地的音色。文森佐等不到那个时候了。不过他了解这种声音，并且现在就已经在心中提前听到了这种声音。在这两把琴里，他真正地放入了自己的心，放入了全部的自己。啊，如果能够真的整个儿地和这两把琴融为一体就好了,与之共存,获得永生!琴流传多久,他就能和琴一起流传多久,如果走运的话,或许是一百年,或许更长。如果真的能这样该有多好!

第十一章
"爱因斯坦"

"克什卡！你今天来得真准时！"米哈伊尔·所罗门诺维奇今天不知怎的特别兴奋，"我路上遇见了一个人……等一下，你先别急着把琴拿出来，你先听我讲。坐！"

克什卡坐到了沙发上，米哈伊尔·所罗门诺维奇则激动地踱来踱去。

米哈伊尔·所罗门诺维奇从音乐学校下班后，像往常一样步行回家。这些日子气温有所回升，他不疾不徐地走着，享受着阳光的温暖。

突然有一个陌生人朝着他飞跑过来，差点没和他抱在一起：

"英诺森，怎么会是你！久违久违，真是太巧了！"

米哈伊尔·所罗门诺维奇尴尬地躲开了这个陌生人，试着先打量了他一番。这个人的年纪应该不小了，不过能不能把他称为"老头儿"，米哈伊尔·所罗门诺维奇挺犹豫的。因为他的穿着打扮实在是太时髦了：一件方格图案的大衣，一顶毡帽，一根手杖，还有现在很少有人戴的宽领巾！可以看到帽子下露出的一些浓密的白发，胡子也全白了……爱因

第十一章 "爱因斯坦"

斯坦！这个人像极了伟大的物理学家阿尔伯特·爱因斯坦。这位"爱因斯坦"正用幸福的眼光看着米哈伊尔·所罗门诺维奇呢。

"英诺森，我真是太高兴了！你看起来太棒了，我听说了各种关于你的谣言，都是胡说……"

"抱歉！"米哈伊尔·所罗门诺维奇感到十分窘迫，"真抱歉，我不是英诺森。"

"克什卡[①]，别闹了！！！"

"真的，我不是英诺森。我可以给您看我的护照！[②]"

这算是什么事情呢，这个老人家是不是疯了？他很热情友善，但却是个疯子，你都不知道他还会干出什么事情来！米哈伊尔·所罗门诺维奇翻开自己的护照：

"请看，索洛维约夫·米哈伊尔·所罗门诺维奇，出生日期是……"

"克什卡，你怎么连名字都换了？！""爱因斯坦"还是不相信，接着大叫了一声，"啊！抱歉抱歉！天啊，难道您是

[①] 如前文所述，"克什卡"是"英诺森"这个名字的爱称。主人公的父母正是用爷爷的名字"英诺森"为主人公命名的。

[②] 俄罗斯的护照有两种：一种是国际护照，相当于我国的护照；一种是国内护照，相当于我国的身份证。

英诺森的亲戚？真是难以置信啊，您和他的脸一模一样！我应该早就反应过来的，您看上去还非常年轻，而我和英诺森都是一把年纪了……不过您是他的弟弟吗？或者外甥？你们实在是太像了，不可思议……英诺森怎样了？"

米哈伊尔·所罗门诺维奇无奈地耸了耸肩：

"不好意思，您肯定搞错了，这绝对是个误会……我完全不知道您在说谁啊！"

"但是您也姓索洛维约夫啊！您真的不是英诺森吗？……唉，抱歉。我明白了。但是这怎么可能呢，你们真的长着同一张脸！而且还是同一个姓。真是非常抱歉……我已经很久都没见过我这位老朋友了，他去了美国。再次抱歉……"

陌生人一下子就耷拉了下来，而且似乎瞬间变老了许多。他转过身继续自顾自地赶路。米哈伊尔·所罗门诺维奇这才突然反应过来：英诺森·米哈伊洛维奇！美国！当然啦，那个人说的应该是克什卡的爷爷！

"站住！等一等！那个……阿尔伯特·爱因……啊，对不起……"

"没关系。""爱因斯坦"的双眼在眼镜后面闪烁出愉快的光芒,"大家都这么叫我,甚至我的学生也这么叫我。就当是什么党内化名吧,哈哈。也算是一种恭维,我很受用呢。怎么了,您想起克什卡了?"

"这个英诺森是个小提琴家吗?"米哈伊尔·所罗门诺维奇问道。

"不,他是物理学家,和我一样……不过他确实会拉小提琴,您是这个意思吧?我也是因为这个才会跑过来找您,您看您也带着一把小提琴……"

"您听我说,我有一个学生,也叫克什卡。我觉得,您的这个朋友克什卡可能是他的爷爷!他有一把小提琴,就是他爷爷留给他的遗产……"

"遗产?"阿尔伯特叹了一口气,"这么说,他还是去世了?是啊,我听说了……"

"对不起!"米哈伊尔·所罗门诺维奇尴尬起来,"我并不是这个意思。"

"没事,您别见怪。我其实也早就知道了。只是很期待会有奇迹发生。只是,您知道吗,英诺森并没有成家,没有孩子,更没有什么孙子。倒是有很多侄子侄女……"

"克什卡！你说实话，他到底是不是你的爷爷？"

"是的呀。"克什卡点头道，"只是不是亲生的……不过，应该是表亲。是妈妈那边的。大概是妈妈的叔叔。"

"那我呢，我真的和他长得很像吗？"

"您，米哈伊尔·所罗门诺维奇，您和他不仅仅是像而已！您简直就是他……您明白吗？我开始就以为您是英诺森爷爷，我还以为是他跟我闹着玩呢……"

"啊哈，我想起来了，怪不得你第一次来我家见到我的时候那么吃惊！我当时还以为这个小伙子不舒服呢。而且全身上下都是泥巴，真是活见鬼了……好啦，不说这个了，你继续听我说。"

米哈伊尔·所罗门诺维奇和阿尔伯特一起继续往前走。阿尔伯特愉快地向米哈伊尔·所罗门诺维奇聊起他那个有趣的朋友英诺森：

"他是一个，不知道您能否想象，他是一个极为有天赋的人，简直不可思议！无论是在科学领域，还是在小提琴方面。他还会下国际象棋，而且做饭也很好吃——他烤的苹果馅饼真是太棒了，整个实验室都赞不绝口！至于小提琴这方面，他甚至考虑去音乐学院深造来着。对了,还有那个……要不然您到我家坐坐吧?刚好我们到了。我有些东西可以给您看看。英诺森老兄给我留下了一件非常有趣的东西。您应该是位小提琴家吧?所以,这件东西应该合您的胃口。我总说世界上没有无缘由的相遇。您看,我们真是有缘啊。"

阿尔伯特的屋子和主人的格调非常协调——巨大的书橱直达天花板,墙上挂着画框,还有作者亲笔签名的人物肖像画……还有那幅著名的爱因斯坦吐舌头像。书桌上不知为何,还有一幅从杂志上剪下的塞尚画的《苹果》,显得过于朴素而不太协调。

"这样跟您说吧,"阿尔伯特继续说道,"英诺森留给我很多文件,有一些物理杂志,有一些他的手稿,笔记本……在这些文件里头我偶然间发现了这个。"他从书架的上层翻出一本破破烂烂的小笔记本,"这个本子的故事有些曲折。我们的一个同事去欧洲旅游回来,带回来一大堆各种各样的小玩意儿。笔啊,明信片啊,你懂得,就是那些个旅游纪念品。里面就有这个本子……英诺森这个人呢,对生活里的各种用品的态度与众不同。他对有些东西满不在乎,比如说他十五年来可以一直穿同一件外套,突然之间,嘿!着了魔了,用了半年的工资买了一套国际象棋……这次也是如此,他看上了这个本子,还特别着迷,求着我们这个同事卖给他。正好那几天英诺森要过生日了,我们这个同事理所当然地就把本子送给了他。

"英诺森高兴极了。'这可是个好东西啊!'他说,'可以用这个本子写一部长篇小说!'我们只当他是说笑,也就陪着开开玩笑:'哟,我们实验室要出一个托尔斯泰啊!'后来大家也就忘了这茬了。

"后来,您想想看,等他去了美国,我才在他留下的那堆文件里找到了这个本子。真是难以置信,他真的在上面写了一部小说!而且居然没有告诉任何人,自然也没有给任何人看过!

"我当时立刻打电话给他,国际长途直接打到美国。他说这样挺好的,就留给我了。'就这样呗,本子就放你那儿。'他在电话那头说,'你耐心等着,总会等到下一个读者。'您看您看,这不就是,他早就知道了!而您刚好也带着小提琴……所以我想,这下一个读者必定就是您。"

说着,他把这本绿色的笔记本递给米哈伊尔·所罗门诺维奇。本子的内页是黄色的,页面并没有画线,布满了细细

第十一章 "爱因斯坦"

密密的小字。封面印着"Quaderno",应该是意大利语,可是米哈伊尔·所罗门诺维奇并不清楚是什么意思。下面是用铅笔写的"献给雅什卡"。怎么又来了个雅什卡?米哈伊尔·所罗门诺维奇小心翼翼地翻开下一页……

"那……米哈伊尔·所罗门诺维奇,本子上都写了什么呢?"克什卡问道。

"克什卡……你最好自己去看一看。里面是一部小说,非常不同寻常的一部小说,好像是特意为你写的一样。确切地说,是为我们写的。我们最好一起再去一趟阿尔伯特家里。你一定要自己看完这部小说,一定一定!"

绿色的意大利笔记本

尾 声

"文森佐!"吉罗拉莫拳打脚踢地拼命敲门,可是制琴师一直没有开门。之前吉罗拉莫离开的时候,文森佐的状态就已经差极了。难道真的发生了他最不愿意看到的事情?吉吉罗拉莫叫来了邻居,还有药铺老板的儿子,灵巧的小伙子乔瓦尼。乔瓦尼从天窗上爬到了屋子里,并从里面打开了铁质的门栓。吉罗拉莫好不容易进屋之后却大失所望:制琴师文森佐不在屋子里!吉罗拉莫一行人把屋子里翻了个遍,每个可能的墙缝都找过了,连文森佐的影子都没找到!而且更令人不可思议的是,屋子是从里面锁起来的。总不可能文森佐也像乔瓦尼一样,是从天窗里头爬出去的吧,可是为什么要费这个事儿呢?

在文森佐的桌上,他们发现了一张纸,上面是文森佐的遗嘱,一切写得规规矩矩、清清楚楚。文森佐把一部分财产捐给教堂;剩下的财产将留给吉罗拉莫·托蒂,也就是管风琴师——一个大家庭的父亲。还有各类乐器的归属,也被仔细详尽地写明,每一把琴都被安排到合适的人的手里。最好的琴中,有一把是留给乔瓦尼的,也就是药铺老板的儿子。遗嘱中也清楚地说道,遗嘱中提到的管风琴师吉罗拉莫·托蒂事先得到了文森佐关于最后两把小提琴的处置方案的口头指示,且文森佐对于吉罗拉莫完成自己的遗愿报以最大的信任。

第十一章 "爱因斯坦"

在此之后，再也没有人见过制琴师文森佐，无论是活人，还是遗体。不过尽管如此，一切和遗产处置相关的事宜都进行得迅速而井井有条。吉罗拉莫一切都按规矩办得很好。除此以外，他还和彼特罗、马尔科兄弟见了一面，而且吉罗拉莫并没有因为两兄弟朴素的穿着而感到难堪，而是给予了他们应有的尊重。彼特罗和马尔科也从吉罗拉莫手上拿到了文森佐赠送的两把小提琴，他们都是制琴师的得意之作。不过事实上这两把琴和制琴师本人的遗愿稍有出入。其中的一把是"冬日暖阳波吕克斯"，正是为马尔科特别订制的，非凡、柔和，具有低调的音量的小提琴。这把琴可以说是制琴师最后一件，也是最好的一件作品。第二把琴则是文森佐早些时候的作品，这也是一把非常成功的、出色的作品。之前这把琴属于吉罗拉莫自己。品质出众。兄弟俩从没敢奢望过这样的礼物！他们要把琴的钱一并付给吉罗拉莫，可是吉罗拉莫一个子儿都没收。文森佐说过一切都付清了，那就是说既然交了琴就两清了。

这位圣多马教堂的管风琴师日后的生活，也与这对小提琴手兄弟多有交集。他曾尝试着帮哥哥马尔科找个公职来干，甚至亲自教他一些基本的音符乐理知识。不过这些尝试都是白费力气——马尔科照着谱子拉琴的时候,还没有没谱子的时候拉得好。兄弟俩还是更愿意当普普通通的街头艺人。有好几次,吉罗拉莫邀请他们到一些小型的家庭音乐会上演出。此外,吉罗拉莫一直瞒着自己严厉苛刻的老婆资助兄弟俩,直到自己过世。

……至于另一把小提琴"伟大的卡斯托尔",则一直下落不明。

不过又过了许多年,吉罗拉莫把一把小提琴卖给了一位挺有名气的外国人。这笔钱对于管风琴师来说来得正是时候:前几天他们家刚刚迎来了第十个和第十一个孩子——一对双胞胎。买家付了一大笔钱,这是理所当然的,毕竟这是一把著名制琴师的作品!在琴箱的内部,背板的一侧还贴有标签。如果从狭长的音孔部位看进去,就可以看到制琴师独特的签名标签:"Francesco Ruggeri detto il Per in Cremona,i'anno 1697"。[①]

来自同一棵云杉、有着共同的根系的两把小提琴就这样

[①] 这是这篇小说比较晦涩的一个细节。这个标签显示这把琴是罗吉尔里于1697年制作的。根据这部小说的逻辑,读者可以推断出这个标签很可能是吉罗拉莫为了卖琴而假造的。

第十一章 "爱因斯坦"

分道扬镳了。"冬日暖阳波吕克斯"留在了他的祖国,和自己的主人分享着生活的苦乐,共同忍受着意大利的酷暑和种种不幸。"伟大的卡斯托尔"则改姓更名离开了意大利的故土,等待着他的是光明的前途!这两把琴还会再次相遇吗?谁又知道呢……

米哈伊尔·所罗门诺维奇合上了这本绿色的笔记本,封面上用意大利语写着一些字。

文森佐,文森佐……有哪个制琴师叫做文森佐的吗?米哈伊尔·所罗门诺维奇怎么都想不起来。

哎呀,真是的,他这是在干什么啊!这不是很简单嘛,这是想象出来的人名,是故事啊……是人家在编故事呢。不过编得真不赖,或者一般般?米哈伊尔·所罗门诺维奇不愿意多作评论。不过他觉得,如果换作他自己来写,也会这么写,甚至会用一模一样的词汇……难道他和这位不明所以的英诺森,也就是克什卡的爷爷就这么相像吗?

虽然故事写得非常不错,但是米哈伊尔·所罗门诺维奇读完了却总有那么一种奇怪的感觉,好像是鞋子里进了一个小石子儿那样,有什么东西在那儿硌得慌,但具体是什么东西呢？英诺森是从哪儿听来这么个故事呢？难道从头到尾都是他想象出来的？或者确实有些部分确有其事？又或者，整个故事就是真的？不，绝对不可能！

再者，这个文森佐怎么就凭空消失了呢？真让人弄不明白。这也写得太玄了吧，况且作者还是个物理学家！总不至于溶解在空气里，或是分解为原子了吧……

不，这明显是虚构出来的。从第一个字一直到最后一个字。一个故事而已……

应该给克什卡也看看，一定要让他看看。克什卡看了会说什么呢？

第十二章

F大调无大衣曲

上周，爸爸因为克什卡的语文只得了三分，揪着他的头发好好教训了一顿。

"你到底是怎么了？整天整天地都跑到哪里去了啊？！我知道有些课比较难，什么化学啊，物理啊……但是你语文只拿了三分啊！你脑子里在想什么啊？！"

"爸爸，我忙得顾不上语文啦。我正在准备奥数竞赛呢。阿廖那·德米特里耶夫娜额外给我布置的那些题目实在是太有意思了。爸，我下次一定把语文考好。这次的作文题目简直愚蠢至极，你不知道……"

不过爸爸这会儿看起来已经没有那么生气了。也就是说，这个方法是正确的，就应该朝着这个方向继续说！

只剩下一件重要的事要做。事不宜迟，明天就得跟数学老师把这些"额外布置的题目"要过来。

阿廖努什卡自然是开心得脸上都放出了光来，哪里有学生自己来要作业做的！

"喏，克什卡，这些书都给你，还有这本杂志你也拿着，这里头有些东西可有意思了，值得一读。还有，如果你需要的话，我可以把去年的奥赛题目打印出来给你！"

阿廖努什卡给了克什卡一大摞各种资料。这回怎么都看不完了！

克什卡开始做这些题目……很快，脑袋就不够用啦。甚至吃午饭的时候，他手上都拿着关于概率论的文章，因此不小心把茶洒到了书页上……阿廖努什卡没有因此责怪他，反而似乎很高兴：

"你在看这个啊？怎么样，有意思吗？"

别提多有意思啦！

克什卡直到去上小提琴课的时候，才从数学的海洋里探出脑袋来。见鬼，还没练琴呢！一点儿都没准备！以前从来没这样过……

米哈伊尔·所罗门诺维奇好像一下子就察觉到了：

"怎么样，曲子练得如何？"

克什卡一边点头一边把琴盒打开，但是他突然意识到——不能撒谎！

"我……米哈伊尔·所罗门诺维奇，那个……我这次没来得及练琴。"

"怎么会呢？怎么个'没来得及'法？"米哈伊尔·所罗门诺维奇吃惊地问道。

"那个……就是，我……要不，我最好还是下周再来吧。现在这样直接拉没有任何意义……"

米哈伊尔·所罗门诺维奇微笑起来：

"总是有意义的。我们这就来检验一下，你是不是真的一点儿都没练！"

事实上，不知为何，曲子都拉出来了，甚至还拉得惊人地好！

下课的时候，米哈伊尔·所罗门诺维奇朝着克什卡挤了一下眼睛：

"你看，不练琴也是很有好处的。不过你可别告诉萨沙卡·沃尔科夫！……我还为你准备了这个，"米哈伊尔·所罗门诺维奇递给克什卡一小张谱子，"这段曲子……是我的一位作曲家朋友写的。你看看，回去试着拉一下。这里头的节奏确实比较难把握，不知道你能不能弄明白……"

"米哈伊尔·所罗门诺维奇，您说什么呀！"克什卡甚至有点儿生气了，"我已经不小了，犯不着用这样的激将法

第十二章　F大调无大衣曲

啦，我本来就会好好练的，而且一定会练会！"

在这页谱子的开头，写着曲子的名字，仅仅是两个字母：F大调"Б.П."。克什卡立刻就跑回家研究起来。他很自信可以轻松地把握曲子的节奏，因为节奏就是数学：该怎么数，就怎么数就行了！不过这确实是一段令人很不习惯的曲谱，曲子的节奏确确实实不简单。克什卡就这么折腾了三个多小时。

不过等到克什卡彻底弄明白了之后，他就对这段旋律喜欢得着了迷！这旋律时时刻刻回响在他的脑海里，甚至上课的时候都挥之不去——哒—哒啦—哒！咚，哒—哒！

这会儿，克什卡正一边走着一边在心里哼着这首"Б.П."，甚至不知不觉地哼出了声。"Б.П."这个缩写代表着什么呢？"博列斯拉夫·佩图霍沃斯基"？"快速的歌曲"？或者也许是"疯狂的小机关枪"？哒—哒啦—哒！！咚，哒—哒！塔尼娅之前跟他说，米哈伊尔·所罗门诺维奇表扬他是……哒—哒啦—哒！克什卡笑了起来。

真是见鬼了，生活怎么就这么美好呢！

克什卡十分开心地走着，吧嗒吧嗒地专挑小水洼踩。他摘下了帽子——真暖和啊！太阳，太阳终于出来了！这才对嘛——已经春天了！多好的春天啊！转眼之间一年的时间就飞逝而过了。下一堂米哈伊尔·所罗门诺维奇的课还要等多久啊，真是迫不及待啊！

终于，克什卡又一次在米哈伊尔·所罗门诺维奇家的桌子上打开了琴盒。

"咱们的小谱子近来可好啊？"米哈伊尔·所罗门诺维奇问道。

"很不错哦！"克什卡回应道。

"难道你真的弄清楚了？来来来，让我们瞧瞧看……"

克什卡拿起琴就开始演奏。哒—哒啦—哒！！咚，哒—哒！米哈伊尔·所罗门诺维奇一边微笑着一边轻抚着胡子，看起来很是满意。

"我还能说什么呢！可以说八九不离十了吧！完成得不错，不过有一个地方不是特别准确。"说着，米哈伊尔·所罗门诺维奇拿起琴演示起来。接着他问道，"你觉得这段曲子怎么样？"

第十二章 F大调无大衣曲

"非常棒，很有春天的感觉！您看，我走在路上会一直哼一直哼。"克什卡微笑了起来，"这个缩写'Б.П.'到底是指什么呢？"

"其实你已经猜到啦！这确实是春天的曲子。这段曲子最初就叫做'绿色球鞋'。"

"这就对了啊！"

"想象一下！这正是一年之中这么个时节，在春天里，人们第一次穿上轻便的鞋子……和冬天的大靴子说再见。这是一年里我最喜欢的一天。所以这段曲子可以说就是春天的曲子。只是如果真的叫'绿色球鞋'，听众们会以为是某些其他风格的曲子，比如爵士乐之类的。但是这首曲子表现的呢，你看，仅仅是纯粹的春天而已。所以现在这首曲子的正式名称就叫做'无大衣曲'。这其实是一样的，你明白吗？说的就是春天！"

"这么说，您……米哈伊尔·所罗门诺维奇，这是您自己写的曲子？！太棒了！这首'F大调无大衣曲'……我之前都不知道您还写曲子呢。"

"克什卡，我现在几乎什么都不写啦。当我还像你这么大的时候，写过不少曲子。那时候什么都想尝试，总想创造点新东西出来。我甚至还想去音乐学院学习专业作曲呢……不过后来放弃了。因为这个世界上已经有那么多那么多的好音乐了……巴赫、莫扎特、勃拉姆斯、舒伯特、贝多芬……这些优秀作曲家的作品我都迫不及待想要演奏……光是这些就已经学不完了。"

"难道您已经完全失去对于自己的曲子的兴趣了吗?"

"你看,这不就突然又有兴趣了嘛。"米哈伊尔·所罗门诺维奇露出一个微笑,"让我们一起来试试看吧。克什卡,我有个计划,是专门为你准备的。"

"还有什么计划啊?"克什卡不太明白。

"绝妙的计划。"米哈伊尔·所罗门诺维奇笑着说,"孩子,是时候让你展现一下你的成果了!我想让你在公开场合亮亮相!"

"怎么个亮相法?"克什卡甚至有点被吓到了。

"很简单。五月份的时候我们要举办一场音乐会——我的班级晚会。我的学生都来参加演出,萨沙卡·沃尔科夫自然也是要来的。也许会从莫斯科的音乐学院直接赶回来。另外,我非常期待你能够在音乐会上演奏刚才那首曲子。"

"不行,米哈伊尔·所罗门诺维奇,这可不行。"克什卡直摇头，"我做不来的。而且偏偏要在这样的场合……我到时候会吓得昏死过去，这样就完蛋了！"

"你别害怕嘛，没什么可怕的。你看，你不会是一个人上去拉的。我还没来得及说呢，这是一个三重奏节目。也就是说，不仅仅只是你这一把小提琴。"

"哦，哦。"克什卡舒了口气。这下明白了，两把小提琴加上钢琴。那另外两个人会是谁呢？钢琴最好是塔尼娅来弹。她和克什卡配合过不少次，克什卡很喜欢和她一起。第二把小提琴会是谁呢？不就应该是萨沙卡·沃尔科夫嘛！

"米哈伊尔·所罗门诺维奇，那还有谁和我一起呢？"

"钢琴——塔尼娅，我觉得你们会配合得不错。然后呢……喏，瞧瞧，他已经到了——这才是有教养的人啊，像国王一样准时！从来不迟到！马上就让我们排练一下吧……"

果然如此——门铃响了起来。他们跑去开门，克什卡突然反应过来，来的人不可能是沃尔科夫。沃尔科夫和这个人恰恰相反，他是个常常迟到的人。那会是谁呢？是谁呢？

"您好，年轻人，非常高兴见到您！"米哈伊尔·所罗门诺维奇猛地拉开了门。

走进来的是老虎。

正是如假包换的老虎本人,带着他那把大提琴。老虎见到克什卡在这里,也没有显现出一丝惊讶。

"你好。"老虎伸出手来。

"嘿,原来是这样啊,啊哈?"克什卡心里难过地想道,"就是说,是老虎!当然啦!根本没有第二把小提琴,第二把是大提琴。这就是他们干的好事儿。事先什么都没跟我说!就自个儿决定要让我跟他和好。有谁问过我的意见吗?!这么说,老虎早就什么都知道了,不是吗?"而他克什卡呢,一直蒙在鼓里,完完全全就是个傻子。他还以为塔尼娅永远都不会说漏嘴……结果呢,早就都知道了,真有意思!他们怎么能这样呢?他还以为,他们……

"喏,老虎,请允许我介绍一下。"米哈伊尔·所罗门诺维奇冲克什卡眨了眨眼睛,"这位是克什卡,我的学生。顺带说一句,是位不赖的小提琴手……"

老虎惊讶地倒吸了一口气:

"怎么回事?您的学生!"

说着,老虎慢慢地坐到了板凳上。

"所以是这么回事儿,哈?你们都是什么人,秘密的游击队员,地下工作者……我还以为……您的这个学生在您这儿学习多久了？！您看，这个……"

也就是说，他不知道！他什么也不知道！克什卡冒出这么个念头，这一切是多么的荒唐愚蠢啊——特别是他什么都没跟老虎说这件事本身。

"还有你也是……我们还以朋友相称。"老虎把目光转向塔尼娅，"你们怎么能什么都不说呢？"

"我向克什卡保证过什么都不说啊。"塔尼娅耸耸肩膀，转过身去。不知怎的整件事情突然变得特别愚蠢……

"老虎，你可别往心里去。"米哈伊尔·所罗门诺维奇试着安慰他，"你可能都想不到，克什卡这个地下工作者有多么的老练而敬业，就连他的父母到现在为止还不知道他练琴的事情呢！"

"这有什么关系！"老虎固执地说道，突然就直愣愣地盯着克什卡的眼睛。

接着用很轻的声音补充道，"他的父母是一回事，而我——则是另一回事儿……"

此时此刻，克什卡突然意识到，真正的老虎回来了，而且是完完全全地回来了。克什卡知道，这个"另外一回事儿"恰恰说明了老虎还是原来的老虎，是他唯一的最亲密的伙伴，是一辈子的朋友。而克什卡自己呢……卑鄙又愚蠢。

"嗯，老虎，你听我说……"

"好啦，别说啦，现在还有什么好说的呢……还是让我们一起排练一下吧！"

嘿，原来大家在一起拉琴的感觉是这么棒！刚开始的时候，克什卡还有点如履薄冰的感觉。不过米哈伊尔·所罗门诺维奇帮了他们一把。米哈伊尔·所罗门诺维奇把克什卡的小提琴音部的分谱唱了出来，甚至其他的声部也一并唱了出来，还挥着手帮他们打拍子。总而言之，他们开始中规中矩地练习起来，就像米哈伊尔·所罗门诺维奇给萨沙卡·沃尔科夫练习那样。接着在一个十分完美、确确实实完美异常的时刻，克什卡感到他们开始进入理想的状态了！走！克什卡拉着自己的分谱，接着老虎的大提琴从低音部支撑起克什卡的旋律，这两个声部就这么和谐地走到了一起。接着塔尼娅也跟进来，所有的声部汇合成嘹亮的和声，节奏也渐渐加快，再加快，越来越快，突然，一切悄无声息……接着，柔和的大提琴声缓缓进入，如此的清澈纯净，就像天空一样！随后克什卡的小提琴应该加入其中了，并且不能破坏原有的氛围，就是现在——成功了！阳光普照，白雪融化，雪水汇成溪流在路上穿梭流淌，克什卡穿着崭新的绿色球鞋在春天的小水洼里吧嗒吧嗒地踩来踩去，而且身上不再穿着大衣！原来就是这样啊，哒—哒啦—哒，咚，哒—哒！

他们在厨房里喝茶，一直喝到晚上。克什卡和老虎一直在聊他们小时候的事儿，那个时候他们还不认识塔尼娅呢。老虎脑子里记得的他俩的故事也不少啊！克什卡还以为只有他一个人记得呢。

接着米哈伊尔·所罗门诺维奇又说起了"爱因斯坦"的事儿。

"克什卡，你明天可以吗？我们一起去阿尔伯特家找他去，我已经和他约好了！"

"当然，我肯定去！"克什卡十分兴奋。

这时老虎突然发话了：

"不过话说回来，你们两个人确实长得很像啊……克什卡，你长得像你爷爷对吧？现在看来，你和米哈伊尔·所罗门诺维奇也长得很像。我之前从来没注意到！"

克什卡感到有些不好意思，米哈伊尔·所罗门诺维奇却又补充道：

"千真万确，确实有点儿什么……你还记得吗，克什卡，你来音乐学校找我那次？不是有位女士觉得你是我儿子嘛……"

克什卡脸都红了，他记得这件事。那是个发型怪异的阿姨，突然就扑到米哈伊尔·所罗门诺维奇面前大喊："哎呀，你还有个儿子啊！两个人真像啊！"可米哈伊尔·所罗门诺维奇不知道为什么竟没有向她解释什么……

"难道，你们是亲戚？"老虎问道，"喏，可能是远房亲戚。确实也有这样的事儿，好比有的人会长得像自己的舅爷爷！要知道克什卡的爷爷，恰好也姓索洛维约夫，看，连姓氏都一样！"

克什卡兴奋起来：

"还真是，可以好好儿考证一下！没准儿真有个共同的祖辈呢！我回去问问妈妈……"

"不可能，克什卡，我觉得未必！"塔尼娅耸了耸肩，"我们之前可是住在塔什干①的啊，而你们——住在这儿啊！"

"确实，塔什干……"米哈伊尔·所罗门诺维奇叹了一

---

① 塔什干，乌兹别克斯坦的首都。

口气,"你看,也没什么奇怪的……姓一样,长相相似,其实完全不能说明什么。爸爸的姓是孤儿院里头给取的。"

"什么?怎么还有个孤儿院?"塔尼娅大吃一惊。

"嗯,他是在孤儿院里被抚养长大的……怎么,你不知道吗?"

"我怎么可能知道!你为什么从来都没跟我提起过呢?!"

"这不是你也没问嘛……总之这样一来,关于我们祖辈的事情就不得而知了。"

"但是应该是可以找到的!"老虎一跃而起,"要知道还有档案这种东西呀!在网上……"

"怎么会在网上啊,老虎!那个时候正打仗呢。我爸爸是从军医院被送到孤儿院的。但是之前又是从哪儿被送到医院的,就完全不清楚了。送到医院的时候已经半死不活了——脑袋上破了一个洞,身体极度衰弱,样子十分吓人,甚至没人愿意给他治疗。最后救了他的医生是个年轻的小姑娘,叫塔尼娅。年纪真的是特别小。她用小勺子一口一口地喂他吃东西……之后又把他带回自己家里,好不容易把他治好了。用爸爸的原话说,叫做硬是从另一个世界给拽回来了。"

"那怎么后来又扔给孤儿院了呢?"克什卡有些不快地

嘟囔道。

"她后来好像是上前线了。不管怎样，爸爸之后就再也没见到过她。"

"你怎么什么都没跟我说过啊！"塔尼娅十分生气，"那么，那个时候他是不是年纪还特别小？"

"确实，挺小的，好像才六岁吧。"

"停，等等！"老虎突然说道，"不对啊。怎么可能，他六岁的时候还不知道自己的姓氏吗？他从哪个城市来的呢？"

米哈伊尔·所罗门诺维奇叹了口气，耸了耸肩：

"这个，老虎，这件事情确实比较奇怪。可能是因为他头部受了重伤的缘故，你看，他什么都记不得了。最开始的时候，人们都以为他是个傻子，智力发育不全。后来到了孤儿院里，那时候才突然发现他其实相当机灵，阅读能力出众，而且写东西也很好。后来直接就让他上了二年级，学习成绩非常好。不过之前的记忆却再也没有了……只记得塔尼娅医生。在这之前的记忆则是一片黑暗。"

"难以置信！"塔尼娅说着蜷了一下身子，"真的什么都记不得，完全一片空白吗？"

"一片空白。他只讲过一件事——可能是梦，也可能是真的。大概是他站在一个昏暗的中庭天井里笨拙地往墙上刷灰泥，同时也在等待着某个人。他还记得他所在的城市里有很多水。深色的水……"

塔尼娅突然站起来转向窗口。随后看着窗外，背对着大家问道：

"难道他的名和姓都是在孤儿院里取的吗？所罗门·索洛维约夫？"

"对啊！"老虎补充道，"万一其实是个真名儿呢！"

"姓——确实是孤儿院里给取的，但是名就不太清楚怎么回事了。如果是伊万啊，阿廖沙①啊，倒还好说，偏偏是个所罗门！好像从塔尼娅医生开始就已经这么叫他了——'所尔（Сол）'②。要不就是他自己说的，要不就是那些把他送到医院的人这么叫他的……"

"或许。"塔尼娅心里想着，嘴里却说出了声儿，"这个塔尼娅有个朋友，又或者有个弟弟，不幸过世了，然后她就……"

"不，还可能是这样。"老虎打断了塔尼娅，"他们在

---

① "伊万"、"阿廖沙"均为非常常见的俄文名。
② 名"所罗门"（Соломон）的三个开头字母。

他的口袋里找到了张小纸条儿，上面写着名字……而他呢，实际上穿着别人的外套……"

"或许只是他的外套是'所罗门'牌的呢？要知道，确实有这么个牌子，是种滑雪服的牌子。"克什卡刚说完就反应过来自己说的都是瞎话。首先，是"萨罗蒙"不是"所罗门"；其次，那个时候哪儿来的带商标的衣服！

"嘿，我这儿来了一群夏洛克·福尔摩斯啊！"米哈伊尔·所罗门诺维奇调侃地笑起来，"我觉得吧，很简单：有什么人随口一说，然后就这么叫下来了。总之，我想我们恐怕永远也搞不清楚了。不过姓氏却多多少少可以解释：他的嗓音不错，经常唱歌——那么就叫你夜莺[①]吧。再有个什么人跟他说，如果名字和姓氏的开头字母一样——这辈子都会幸福走运。他的姓和名开头三个字母都一样——'Сол—Сол'！[②]'

"那到底怎么样呢？他后来生活得幸福吗？"克什卡问道。

[①] 俄语中，索洛维约夫（Соловьёв）这个姓氏和夜莺（Соловей）这个词关系很紧密。

[②] 名"所罗门"（Соломон）和姓"索洛维约夫"（Соловьёв）前三个字母均为"Сол"。

第十二章　F大调无大衣曲

"我觉得应该算是幸福的吧。就是不算太长寿,很年轻的时候就过世了……所以孩子们,我们家的来源无从考证啊。没有任何的线索。"

"还是有一条线索的。"克什卡突然说道,"您和我爷爷的脸一模一样!"

米哈伊尔·所罗门诺维奇摇了摇头:

"如果这是巧合的话,确实也太神奇了。不过无论如何,克什卡,你还是要去弄清楚,你们家亲戚里有没有这么个失去联系的亲戚。"

"嗯。"克什卡点点头,"我一定回去问问。"

之后,克什卡和老虎一起走路回家。克什卡把所有事情都讲给老虎听,所有的事情——关于爷爷,关于第一场雪,关于那条水泥管道,关于塔尼娅,关于萨沙卡·沃尔科夫。似乎这些事情已经发生了很久很久了,是他在另一段人生中所经历的。而现在——就在当下,当克什卡把一切都讲给老虎听的时候,他感到令人吃惊的、无比的轻松和美好。他还感到温暖——就好像是在一个阴雨绵绵的日子里终于走完一段艰难的路途回到家里的感觉那样,开始渐渐地暖和过来……

另外,克什卡还发现了这么一件事:他注意到在老虎装大提琴的琴盒里有一块用来擦弦的布,而就在那块布旁边——是从旧作业本上撕下的纸叠成的纸飞机。那纸上还写满着如假包换的克什卡自己的字呢。

第十三章
一张老照片

"米哈伊尔·所罗门诺维奇！您猜我打听到了什么？"克什卡激动得都忘了问好，直接朝着电话那边疯子一样地嚷起来。

"喂，克什卡！是什么？！说！"

"开始我先问了我妈妈。她什么都不知道，不过她说，我们家的安娜姨妈是家庭档案方面的专家，她那儿有许许多多照片。喏，就是安娜姨妈，我跟您说过的，您记得吗？我有段时间住在她那儿，小鸭子镇！"

"啊，克什卡，我知道！快接着说！"

"然后安娜姨妈说：'你们来我家吧！把你的所罗门诺维奇……'也就是您，对不起……"克什卡已经语无伦次了。

"克什卡！！！"

"把您一起，姨妈说，一起带过来。就是说，我们俩一起到她那儿去。"

"她到底说了什么，克什卡？啊？！"

"我不知道……但是如果安娜叫我们到她家去，那就是说，有点儿什么！"克什卡突然间就完全混乱了。看来，实际上他什么也没打听到，只是因为要和米哈伊尔·所罗门诺维奇一起去小鸭子镇而高兴万分。尽管连米哈伊尔·所罗门诺维奇去不去得成、同不同意去都没搞清楚……

"克什卡！你今天……不行，我今天有个测验……明天有空吗？早上？"

看来，米哈伊尔·所罗门诺维奇也等不及了！就是说，他一定会去！

"但是，不管怎么说，我明天要去上学啊。"克什卡回答道。

"嘿，活见鬼，上什么学啊！"米哈伊尔·所罗门诺维奇嘴巴里突然间也冒出粗俗的词儿来，"这是什么新潮流啊，周六也要上学的？"克什卡扑哧一声对着话筒笑喷了，因为就在昨天米哈伊尔·所罗门诺维奇还说克什卡和塔尼娅整天无所事事来着，说塔尼娅根本都不学习，还能拿那么高分——你们学校整天放羊，根本不管你们……

总之，星期六一大早，克什卡和米哈伊尔·所罗门诺维奇就已经在小鸭子镇了。

安娜姨妈一开门，惊讶地大叫了一声，克什卡则朝她挤了挤眼睛：

"我可是事先提醒过哦!"

"这是怎么回事?"米哈伊尔·所罗门诺维奇云里雾里。

"哎呀,不好意思。您好!"安娜姨妈有些难为情,"你们实在是太像了,简直完全不可能……"

"没错,确实很像。"米哈伊尔·所罗门诺维奇笑着说,"有一次,我甚至不得不拿出护照来证明自己就是自己,不是他!"

安娜姨妈作了充分的准备:从门里传来了苹果鸡块的香味。嘿,克什卡太喜欢姨妈做的苹果夹心点心了!整个屋子里摆满了年代久远的黑白照片,桌子上,沙发上,甚至连地上都是。

"瞧,我收集这些是为了做相册来着,但是怎么都弄不好……还好你们来了——我把所有照片都翻了出来,现在正好我来整理一下。要不然,克什卡,光是烤馅饼还真不能把你引来呢……"

克什卡心里突然升起了疑虑,难道安娜姨妈其实什么线索都没发现,难道她只是希望把他骗过来……

而这边米哈伊尔·所罗门诺维奇一点儿也不拘束,已经就地坐下,从地板上拿过第一张克什卡爷爷的照片放在手里了。他似乎连呼吸都停止了……难道他现在看到的是他自己的照片？！他立刻又放下了照片。不对，不对。自然，长得像没什么奇怪，但是如果脸一模一样……

一个带着硕大眼镜的年轻人正从照片上看着他：西装外套的里面露出一件高领绒线衫的领子。这是一位典型的年轻物理学家的形象。米哈伊尔·所罗门诺维奇从来没穿过这样的衣服。还有一张照片，这里不太像，那里也不像。这张的这个地方，好吧……米哈伊尔·所罗门诺维奇的脸上露出了微笑：他们鬼使神差地长着一样的胡子，还都戴着眼镜！这就是为什么看起来"脸长得一模一样"。这就对了，因为胡子一样，所以看起来很像，但是不管怎么样，还是能分得出来的——这是另外的、不一样的一个人。难道他在别人眼里看起来是这样的？

"就这样吗？"克什卡耸了耸肩，"照片上看起来，好像确实不那么像……但是，您一旦讲起话来……还有这样的手势……我觉得这些照片反而和他不像，您比这些照片更像他本人呢。"

"也许你对他的印象也不深了呢，克什卡，而我则一直在你眼前。所以就把我们搞混了。"

"还是克什卡说得有道理。"安娜姨妈突然发话了，"你们的相像之处不是那么容易琢磨，不完全是长相上的……瞧瞧，克什卡，这是你！"

克什卡吓得都哆嗦了一下。刚开始他真的以为那就是他自己——克什卡，穿着滑稽的背带裤，手里拿着一把小提琴站在那儿……接着克什卡和米哈伊尔·所罗门诺维奇相视一下，同时笑出了声。他们都注意到了照片里的人右手握弓的姿势错了。克什卡——是说现在这个小克什卡——也曾经遇到过这个问题，绷得直挺挺的小拇指！

"这儿还有。"安娜姨妈又拿出了一些新的相片，这会儿已经是彩色的了。米哈伊尔·所罗门诺维奇的目光落在了这几张照片上——喏，再过个十年左右，他自己看上去就会是这个样子的，脸上的样子看起来不错。这样的脸不会有人叫他老头子，不过，好像怎么着都有些别扭……

"请问，你们有没有失去了联系的一些家人？在战争年代？"米哈伊尔·所罗门诺维奇问道。

"有的。"安娜姨妈叹了口气，"而且不止一个……我们曾经是个大家族。叔叔们，还有各位堂兄弟……啊，在这儿，终于找到了！"姨妈又给他们看了一张相片。这是一张有着白色花边的泛着淡褐色的相片。"看样子，这种照片只剩这一张了。"

第十三章 一张老照片

照片上是一个小男孩儿——克什卡的爷爷——英诺森·米哈伊洛维奇，大概只有五岁，穿着一件熨得很平整的水兵服，头发梳得整整齐齐，非常严肃地站在一面镜子旁边。也许又不是，难道这不是一面镜子吗？

"哦，我明白了。"米哈伊尔·所罗门诺维奇微微一笑，"这是一种蒙太奇拼接嘛。他们想办法在同一张底片上曝光了两次，就是这种效果——照片上有两个长得一模一样的人。我爸爸也拍过这样的照片。爸爸，难道……安娜，怎么了？！"

"这不是什么多重曝光。"安娜姨妈突然小声地说道，"也不是镜子。"

她把这张小照片翻了过来。背面用蓝黑色墨水写的笔迹已经洇开了，写的是："1939年五月。左克什卡，右雅什卡，在门口。"

此时，绿色笔记本上的字"献给雅什卡"突然就浮现在眼前。就是他，雅什卡……

米哈伊尔·所罗门诺维奇摘下了眼镜，把这张照片拿到了眼睛跟前：

"双胞胎？"

安娜点了点头。

"这是怎么回事？"克什卡咕哝道，"是在哪儿？……"

"克什卡和雅什卡，他们是双胞胎。失去联系的就是这个，雅什卡。在列宁格勒大封锁①时期。他们两个不管在哪儿从来都是形影不离的。那个时候走动起来都不容易，根本没有力气——克什卡稍微强壮一些，他得用手拖雅什卡走。但是还是因为种种原因没能坚持住，'你自己走也一定能走到的，我不行了，拖不动了！'然后克什卡就自己先走了。走了一段路，再回头一看，雅什卡已经不见了。他以为雅什卡跟着他呢，但是后面什么人都没有。他步履艰难地往回走，狠命地咒骂着雅什卡，能骂的不能骂的全骂了，他心想着，这个糊涂蛋，这回有的好找了……就再也没能找到。他一辈子都没能原谅自己当时把手放开了……"

克什卡——小克什卡，也就是现在的克什卡，他就这么无所适从地眨巴着眼睛。为什么他之前什么都不知道呢？这不可能啊。就这样，松了手——亲兄弟就丢了。永远地走丢了。这怎么可能呢？！

---

① 列宁格勒即为今天的圣彼得堡，亦常被简称为彼得堡。1941 年 9 月至 1944 年 1 月期间，德军重兵围困列宁格勒。1944 年 1 月 27 日成功解除封锁时，列宁格勒的人口仅为大封锁开始时的五分之一，其中有大量的人是饿死的。这是苏联历史上非常沉重的一笔。

第十三章 一张老照片

"难道这竟是我的父亲？"米哈伊尔·所罗门诺维奇想，他仔细端详着这个陌生的、战前的雅什卡。竟然有这样的事，雅什卡站在门边……然后就，整个命运都改变了。可惜无论怎样，这些事情都无法证实了。不对，不可能的。最合理的应该是这个小男孩儿在战争中死了。如果这个雅什卡就是他爸爸，这也太离奇了——他是怎么到塔什干去的呢？他在哪儿被击中了头部呢？在列宁格勒吗？还有，还要让他的儿子米哈伊尔，经过鬼知道多少年之后，遇见现在的这个克什卡，然后教他拉小提琴？

"这是他吗？"克什卡问道，"是您的父亲吗？"

米哈伊尔·所罗门诺维奇摇摇头：

"我不知道……"

太令人惊奇了：他们面前有这么一张照片，而他居然无法辨认出来！不能给出确切的回答！似乎有些什么地方很像，但是更像这个克什卡，就是当下的这个克什卡。确定吗？也许，他只是太渴望了，渴望终于有这么一个大家庭，而且这一大家子显得如此……有这么讨人喜欢的克什卡，还有如此奇妙的安娜，一下子变出这么些个堂姐妹、堂兄弟，还有侄子……他是不是太渴望这些了？

他们一起喝茶吃点心。米哈伊尔·所罗门诺维奇把他跟克什卡说过的那些事情又给安娜说了一遍,并且还补充道,他的父亲——"所尔,会不会就是雅什卡呢?他很喜欢音乐,曾经梦想着学会演奏小提琴,可是最终没能实现。不过他开始教他的儿子米哈伊尔,也就是我自己……他常常回忆起中庭天井,回忆起有很多的深色的水域的城市。列宁格勒吗?嗯,很有可能是。只是如何才能证实呢?"

"也许,怎么都无法证实。"安娜说道,"但是这并不重要。我们就把您当作堂兄弟啦!当然,前提是您不反对!"

米哈伊尔·所罗门诺维奇微笑起来:

"怎么会反对呢!"

米哈伊尔·所罗门诺维奇带着一种复杂的心情离开了小鸭子镇。真是特别可爱的一家人——克什卡,安娜,还有克什卡的妈妈应该也是……只是这样好不好呢——就这样闯进人家的家庭里去?"你们好,我是你们的亲戚。"如果能够调查清楚,那就……

不过看起来,克什卡对此已经没有任何疑虑了。他想竭尽全力制定一个周全的计划,想办法挖掘出这背后的整个故事。要不要去一趟彼得堡呢?去塔什干?然后呢?

第十四章
在阿尔伯特家

克什卡和米哈伊尔·所罗门诺维奇一起从春天的水洼间走过。树木才刚刚抽出一些绿色，朝着树冠看过去，天空的部分还是比叶子的部分多。窗户里头也倒映着天空，水洼里也是天空。甚至连克什卡的皮鞋里都有天空的倒影。他的鞋子里已经灌满了水了。他不禁想到待会儿要去做客，换鞋子的时候该有多尴尬啊。

阿尔伯特像迎接贵宾一样迎接了他们。一上来他就请克什卡演奏一曲——他那儿也有一把琴。不过克什卡却说稍后再拉，应该先读手稿！

米哈伊尔·所罗门诺维奇和阿尔伯特到客厅去了，留下克什卡一个人在书房里看手稿。阿尔伯特拿出了正宗的中国茶叶招待米哈伊尔·所罗门诺维奇，他们用精致小巧的英国茶杯泡茶喝。阿尔伯特话匣子打开后就再也没关住，原来阿尔伯特特别热衷于贵族式的社交闲聊。米哈伊尔·所罗门诺维奇漫不经心地听他聊着，他更关心的是克什卡。难道他真的是自己的远房亲戚？尽管本质上来讲，是与不是又有什么区别？比如说彼得卡吧，仿佛完全就是个外人，可结果呢，

第十四章 在阿尔伯特家

跟亲人似的。现在又有一个克什卡。这辈子总遇上这样的人啊,怎么都赶不走。确实如此,每个学生都会在他的内心留下痕迹,尤其是那些才华出众的。萨沙卡·沃尔科夫也是一样……而且不仅仅是沃尔科夫,每个学生,每个学生都是一样的!但不管怎么说,克什卡——是另外一回事儿,完全不一样。他现在就坐在那面墙后面,读着一份手稿……而且是读着出于极端的巧合才发现的、自己的爷爷的手稿……他看完会说些什么呢?可不该说些什么吗,这么一份手稿!真令人啧啧称奇。然而就是这篇小说里,有什么东西让他自己感到特别的不安:这个讨厌的靴子里的小石子儿到底是什么呢?

与此同时,小克什卡正躺坐在巨大的皮质沙发椅里——沉在其中,就像消失了一样。他这会儿什么也听不见,什么也看不见,这个白色的世界里只剩下一本绿色的笔记本,封面上写着"Quaderno"。(克什卡认识这个单词,看来他开始学意大利语终归没有白费工夫。这个词就是"练习本"的意思,就这样,没别的意思了。)他翻开第一页……一口气就看完了整本手稿,就像爸爸常挂在嘴边的那句话,囫囵吞枣,嚼都不嚼。紧接着,他就为这个本子这么快就用完了而感到十分惋惜。他将最后一页翻过去,立刻又重新打开了手稿,回到开头的地方。开始读第二遍——这次就没那么着急了,而是慢慢阅读,细细品味。他既没有听见墙那边的谈话声,也没有听见维伐尔第[①]协奏曲的声音——阿尔伯特喜欢音乐,这会儿正放老黑胶唱片听呢。克什卡听不见屋外大街上刺耳的汽车报警器的狂响,也听不到响起的电话铃声,以及后来米哈伊尔·所罗门诺维奇激动地大声打电话的声音。

最终,默默无闻的无名制琴师文森佐完成了自己这辈子做得最好的两把小提琴;圣多马教堂的管风琴师吉罗拉莫按照自己的意愿分配了这两把琴。已经翻到最后一页了——封底上印着一些看不太懂的意大利语。不过,克什卡认出了一些:"un strumento, un luogo mentale e concreto…"[②]。不过他顾不上这些了。他略感遗憾地从沙发椅上起身走进客厅,客厅里灯光很亮,弄得克什卡都眯起了眼睛。

"怎么样,小伙子,喜欢吗?"阿尔伯特问道。

克什卡点点头。过了一会儿,他看着米哈伊尔·所罗门

[①] 维伐尔第(约 1678—1741),意大利作曲家、小提琴家、指挥家。
[②] 意为"一件乐器,一个实在的和精神的处所"。

诺维奇问道：

"是吉罗拉莫吧，对吧？是他伪造了琴上的标签吧？可是为了什么呢？！"

"为了多卖点钱。"米哈伊尔·所罗门诺维奇点头表示同意，"在那个时候，这种现象很普遍。你看，文森佐年轻的时候，不是也在琴上签了别人的名字嘛。不过确实是这样，吉罗拉莫伪造了那个签名。不过你也别急着责备他，他有那么一大家子人要照顾，那么多张嘴得吃饭啊！后来，你也看到了，他把卡斯托尔留下了，而把自己原先的那把旧琴给了两兄弟。显然，他的良心一直受到折磨，你看他后来还一直给两兄弟资助……"

"还不是一样。"克什卡固执地说，抿住了嘴唇。

"你这个小伙子，可别这么想！"

"您认为呢？我的小提琴……整个故事说的就是我的琴吧，是吗？我的琴就是波吕克斯？"

"我觉得吧，克什卡……有极大的可能性，你的琴就是波吕克斯。只是我觉得你的爷爷并不是记录了琴的真实历史。准确地说，应该是反过来。他先有了这么一把琴，一把年代久远、品质出众的琴。然后他为这把琴编了这么个故事。"

"他编的故事?"克什卡带着拖腔失望地说道。

"那你觉得呢?他从哪儿能打听得到所有这些事情?另外,我也不记得有哪个小提琴制琴师叫文森佐。你这把琴的制琴师应该已经不得而知了。如果英诺森·米哈伊洛维奇突然打听到了一点儿关于这把琴的来龙去脉,他怎么会不留下点什么说明或者文件呢?他难道会瞒着你,瞒着这把琴未来的主人吗?要知道,他根本不会想到,有一天手稿会落到你的手上!"

"哦,难道你们的小提琴和手稿上描述的相吻合吗?"阿尔伯特来了兴趣。

"我这把琴不仅仅像手稿上所写的,而是完完全全就是那一把!"克什卡证实道,"首先这把琴确实比通常的小,其次,怎么说呢……它的音色确实如同冬日的暖阳那样!是吧,米哈伊尔·所罗门诺维奇?对吗?"

"是的。"米哈伊尔·所罗门诺维奇点了点头。

"那卡斯托尔呢?那把卡斯托尔会在哪儿呢?"阿尔伯特问道。

米哈伊尔·所罗门诺维奇耸了耸肩膀:

"我不知道,也没有人知道。也许作者只是虚构了另一把琴，凭空想象出来的——或许，也不是。也许确实有把类似的琴……"

"那制琴师罗吉尔里是真实存在的人物吗？"阿尔伯特追问道，"还是英诺森杜撰的？"

"不，这个不是杜撰的。"米哈伊尔·所罗门诺维奇笑了起来，"这是位非常著名的制琴师，非常杰出……我曾经有把罗吉尔里的琴，不过现在这把琴在我的学生那儿……对了，克什卡，你知道刚才谁打电话来了？"

克什卡摇摇脑袋。

"是彼得卡！难以置信啊，正巧是彼得卡打电话来！就是我刚才说的那个，有一把罗吉尔里的学生。"他向阿尔伯特解释道，"在布鲁塞尔的比赛上拿了第二名。那可是规格很高的比赛啊！你想想，我们的小伙子，在布鲁塞尔！简直令人高兴得发疯。这个小鬼头，不知道为他操了多少心，最后终于拉得像模像样！"

"怎么不拿第一名？"因为这个彼得卡，克什卡心里突然有点不爽快。他是不是实力不够才拿不到第一名，不然怎么才第二名？

"嘿，小伙子，你要求可真高啊！再说了，连奥伊斯特拉赫①也只拿了第二名……"

"得了吧,得了吧。奥伊斯特拉赫……"

"好了别说了,克什卡!说实在的,你真的是什么也不明白!"米哈伊尔·所罗门诺维奇有些生气了,"话说回来,决赛的时候需要和交响乐团一起演奏,他们给他提供了一把斯特拉迪瓦里!"

"货真价实的斯特拉迪瓦里?好家伙!"阿尔伯特赞叹道!

"是的,而他呢,你们绝对想不到,他拒绝了。真是个傻小子。他总是弄些不着边际的名堂。他还是用了自己的琴。顺便说一句,他那把琴恰好是罗吉尔里……哎呀,是罗吉尔里啊!"

就是这个!就是这个,靴子里的小石子儿!不对,这不可能,怎么也说不通啊……英诺森·米哈伊洛维奇怎么会知

---

① 大卫·奥伊斯特拉赫(1908—1974),苏联著名的小提琴家,苏联人民艺术家,苏联小提琴学派的领衔人物。五岁开始学琴,1930年获乌克兰小提琴演奏家比赛第一名,1935年荣获全苏音乐演奏家比赛第一名,随后开始多次在国际比赛上获奖。其中,资料显示,他在1937年的布鲁塞尔伊萨伊国际小提琴比赛中获得第一名。这里疑为作者误。另外,他的儿子(也是他的学生)伊戈尔·奥伊斯特拉赫(1931—)也是一位著名的小提琴演奏家,苏联人民艺术家。

道他的这把罗吉尔里的任何情况！他写的这个故事，整个儿都是虚构的，不是真的，不是真的！彼得卡那把琴肯定是罗吉尔里。如假包换的罗吉尔里。琴上的标签怎么可能是随便什么叫做吉罗拉莫的人伪造的。这可是认证过的——有全套的文件。不对，真是荒唐！脑子里怎么净想着这些……

"你也有这种想法吧，米哈伊尔·所罗门诺维奇，对吗？"克什卡小声说道，"但是这不可能啊！"

实际上也有可能。米哈伊尔·所罗门诺维奇小心翼翼地坐到沙发上。问题甚至不在于这把罗吉尔里是不是伪造的。而是，究竟怎么会有这样的事情？

"朋友们，不管怎么说你们倒是跟我也说说啊！"阿尔伯特有些愠怒地说道。

"您瞧，阿尔伯特，我曾有一把非常好的小提琴，是我的老师给我的。我又将它赠予了我的学生，也就是彼得卡——恰好就是刚才打来电话的那位。明白吗？我们这辈子和您的这位朋友从来都没打过照面，他甚至从来都没有可能亲眼见过这把小提琴！但是，我的这把罗吉尔里和您的朋友留给克什卡的这把琴，确实如同用一棵树上的木头做成的一样。你还记得吗，克什卡？我最开始的时候就跟你说过！这事情简直神秘莫测……"

……克什卡已经拿出了自己的小提琴——"波吕克斯"。他突然间极为渴望拉上一曲——就是现在，就在这里！而且一定要是年代久远的、真正的音乐。克什卡给弓上了松香，开始演奏格鲁克①的《旋律》。

过了一会儿，他们临走的时候，克什卡在门厅里怎么也穿不上那双湿透了的鞋子。突然他把左脚的鞋子倒了过来，一个小石子儿掉了出来。就是那种最最稀松平常的、尖尖的、灰灰的小石子儿。米哈伊尔·所罗门诺维奇笑了。有什么区别呢——如果他那把琴有这样传奇的故事，那就足够了，是不是正宗的罗吉尔里还有什么关系呢！不管怎么样，彼得卡现在拥有一把绝顶的好琴——"伟大的卡斯托尔"。

他们回家的时候已经很晚了，夜空中第一批星星已经亮了起来。而就在他们的头顶的，是永不分离的一对伙伴，双

---

① 克里斯托弗·威利巴尔德·格鲁克（Christoph Willibald Gluke，1714—1787），德国作曲家，18世纪重要的歌剧改革者之一。代表作品有歌剧《奥菲欧与尤丽狄茜》《阿尔切斯特》《伊菲姬尼在奥利德》等。克什卡演奏的这首《旋律》的原曲是格鲁克所作的歌剧《奥菲欧与尤丽狄茜》中的一首管弦乐曲，在第二幕第二场奥菲欧进入地府，来到尤丽狄茜所在的幸福之谷时的演奏。该曲缓慢而忧伤，凄美动人。

子座的两颗主星：卡斯托尔和波吕克斯。

"克什卡。"米哈伊尔·所罗门诺维奇突然说道，"应该让你练巴赫的 D 小调双小提琴协奏曲。你是第二声部。夏天之前能拿下吗？"

克什卡点点头。巴赫就巴赫吧。

"那谁是第一声部呢？"

"当然是彼得卡啦！明白吗，彼得卡会来！"

克什卡终于弄清楚了。他们将共同演奏巴赫的双小提琴协奏曲。克什卡用自己的琴，彼得卡用罗吉尔里。卡斯托尔和波吕克斯终于要重逢了。

第十五章
弦 轴

塔尼娅和老虎在家里等着他们。克什卡本来想好好地给他们介绍一下关于绿色笔记本的事情,可是老虎听得漫不经心。

"喂,你怎么了?"克什卡忍不住问道,很明显有什么状况。

"哎,没什么。"老虎答道,装作毫不在乎的样子,"不相干的小事儿。我待会儿再跟你说。"

"现在就说嘛,为什么要待会儿!快点儿说,我都等不及了!"

"总而言之,你们跑去做客的那会儿,我和塔尼娅挖出了一些线索,找到了某个人。"

老虎对这个故事的着迷程度丝毫不亚于克什卡。他已经连着三天在城里到处找从彼得堡或者塔什干来的人了。他甚至在网上向认识的朋友们发起了问卷调查,事实上,已经找到了四个彼得堡人。确实,这并没有带来什么实质性的进展,因为没能找到这些人的长辈们,也就是在大封锁时期住在彼得堡的那些人。克什卡并不太看好老虎这个主意:简直无异于大海捞针!就算找到了又怎样呢?不过,他还是支持老

第十五章 弦轴

虎,毕竟老虎如此尽心尽力不是为了别人,而是为了他——克什卡!

"什么线索?说说吧!"

老虎把一张报纸平铺在自己面前:

"看这儿,'全体教师衷心祝愿阿格涅萨·菲利波夫娜生日快乐!'"

照片上是一个上了年纪的妇女,留着男式的发型,目光十分严厉,看上去是大学里的老师。想必是那种不加区分地到处打"两分"[①]的老师……那种恐怖的大鳄鱼。

"然后呢?"克什卡困惑地说。

"你接着往下看啊!"

克什卡这才看到:"阿格涅萨·菲利波夫娜一生命运坎坷,她在大封锁时期的列宁格勒度过了自己的童年……"

"怎么样?"老虎颇为得意地看着克什卡。

"嗯,不错。"克什卡耸了耸肩。老虎有些生气了。

"哎呀,拿来给我看看。"米哈伊尔·所罗门诺维奇拿过报纸,"太好了。不过你觉得,我们怎么才能利用好这条线索呢?"

---

① 在俄罗斯常用的五分制里相当于"不及格"。

"我们去找她,然后问她:'请问您是不是恰好认识两个小男孩,一个叫克什卡,一个叫雅什卡呢?'"克什卡尖刻地说道。

不知为何,他生起老虎的气来。对老虎来说,这就是个游戏。难道他们现在要大费周章地跑去找这个可怕的阿格涅萨吗?

"要是她说'不认识',那怎么办呢?"

"要是那样,"老虎不慌不忙地答道,"我们就再问她,她认识哪些人也经历了大封锁。然后再问她的那些经历过大封锁的熟人还有什么认识的人……我听说过一个理论,世界上任何一个人通过最多六次握手就可以认识任意一个人[1]!也就是说,可以找到这么一条人际链条,把我和比如某个图阿雷格人[2]的族长联系在一起……"

"真是个有趣的理论!"米哈伊尔·所罗门诺维奇十分惊奇。

"这样一来,"老虎继续说道,"如果是一个城市里生活

---

[1] 这个理论非常流行,常被称为"六度分隔假说",或者"六度空间理论"等。

[2] 一支主要分布于非洲撒哈拉沙漠周边地带(马里、尼日尔、布基纳法索和阿尔及利亚境内)的游牧民族,是柏柏尔部族的一个支系。以迥异于周边民族的文字、语言与独特的游牧生活闻名。

第十五章　弦轴

的人，三个人组成的人际链条，最多四个人，就可以帮我们找到需要的人！"

"好！"克什卡说道，"这么说吧，假设阿格涅萨认识这么几个人：伊万诺夫，彼得罗夫，还有……小柜子司机。"塔尼娅扑哧一声笑了出来："那你怎么才能知道，哪一个才能引出正确的链条呢？"

"没法儿知道。"老虎叹了口气，"我们不得不每一个都试一遍。"

"那——么！"克什卡带着拖腔说道，"概率不太大啊……"

"你说这些概率、概率的干什么呢！"塔尼娅突然间火冒三丈，"再说，老虎整个晚上都坐在这儿，现在已经找到了阿格涅萨的电话了呢，而且已经和她约好了，而你却……"

"什么约好了？"克什卡和米哈伊尔·所罗门诺维奇异口同声地叫道。

"这样的，"老虎有些不好意思，"我和她说我们是一个调查小组……研究历史的。我们正在编写战争时期的编年史……"

"哈，真有你的！"米哈伊尔·所罗门诺维奇点了点头。

克什卡呢，突然之间失去了能言善辩的本事。这个老虎！

"总之，明天我们一起去一趟。"塔尼娅宣布。

克什卡打一开始就没指望这一趟能有什么好事发生。可是没想到，刚一开门，他马上就想跑得远远儿的，赶紧到别的地方去，比如说北极。因为站在他们面前的是螺丝钉儿。

"您好！"米哈伊尔·所罗门诺维奇一边亲切地和他打招呼，一边伸出了手，"我们是来找阿格涅萨·菲利波夫娜的。"

"我们最好赶紧离开这里。"克什卡胆怯地拉着米哈伊尔·所罗门诺维奇的袖子。连塔尼娅都吓得不轻，她向后退了两步。

"好久不见啊！"螺丝钉儿坏笑了一下，"找你的！"他很不客气地朝着里屋吼了一嗓子，然后头也不回地吧嗒吧嗒地走回屋里去了。

"他叫什么来着？"克什卡费劲地回忆着，"别说、别说——螺丝钉儿！"

"这就是那个因为我们而被开除的数学老师。"塔尼娅向满脸困惑的爸爸低声解释道。

第十五章 弦轴

接着阿格涅萨就出现了。高高大大,站得直挺挺的,像一个拖把,还有些小胡子。她穿着条裤子和一件宽宽大大的高领毛衣。真是一等一的招人喜欢的人物。"真是不是一家人,不进一家门啊!"克什卡心想。

"请到厨房来吧,其他地方都乱七八糟的。"她声音低沉地说道,"千万别脱鞋,家里头没消毒!"

他们不得不艰难地从一堆大盒子中间穿过来到厨房,尽管克什卡更想往外跑。厨房看起来很奇怪。厨房倒是普通的厨房,但所有的墙上都写满了各种公式和计算结果,活像是疯人院。

"真是不少人啊。"阿格涅萨嘟囔着,叮叮当当摆出四个茶杯来。这些茶杯的多样性可着实让克什卡吃了一惊:他的杯子上印着哈利·波特,米哈伊尔·所罗门诺维奇的杯子上印着某个城堡,老虎的杯子把手上是个青蛙,而塔尼娅的呢,她的是无比精致的瓷杯子,美丽得无法描述!克什卡的妈妈会把这样的杯子一辈子都藏在小橱子里,绝对不会像这样直接拿出来给不认识的客人用!

"都是学生送的!"阿格涅萨说着微微笑了一下,"每个人都有自己独特的审美品位……"

"有意思。"米哈伊尔·所罗门诺维奇微笑着说,"应该跟我的学生也说说,不然的话,家里杯子总是不够……我也在学校教书。"他解释道。

"在哪儿?如果方便透露的话。"

"在音乐学校,我教小提琴。"米哈伊尔·所罗门诺维奇解释道。

"那就是说,同行啊,很高兴认识您!"阿格涅萨由严肃转而热情起来,看得出她对音乐家十分尊重。"伊柳沙[①]!"她朝着屋里大喊,"拿点糖果来,有客人来了!"

这难道是在喊螺丝钉儿,他叫伊柳沙?克什卡想起来了,确实,伊利亚·谢尔盖维奇。难道这个怪物还能叫这么可爱的小名儿——伊柳沙?

"我的这些孩子们,老实说,认识您的儿子。"米哈伊尔·所罗门诺维奇决定实话实说。

"他是我的孙子。"阿格涅萨纠正道,"难道是他的学生吗?哦、哦,我看到了,一个个垂头丧气地坐在这儿!"

"如果你想知道的话,我可以告诉你,就是这个三人组打了我的小报告。""伊柳沙"揭发道,一点儿也没有不好

---

① 伊利亚的小名。

意思,"马尔科夫——卡斯帕里昂——索洛维约娃[①]。"说着他用熟悉的手势、用手指挨个儿地把他们指了一遍。

"哦,原来是这么回事儿啊!"老奶奶翻了翻白眼,这会儿,他们三个都准备好随时找个地缝钻进去了,看上去米哈伊尔·所罗门诺维奇也会跟他们一道的。严厉的阿格涅萨略一停顿,用目光挨个儿打量了每个人,然后突然坚决地说道:

"他们是好样儿的,难道不是吗?根本就不该让你跟小孩儿沾上边儿!"

"伊柳沙"气急败坏地摔门而去。

"真是坏脾气!跟我一模一样。"阿格涅萨甚至略带自豪地说道,"但是天赋极佳,简直要命!"接着她朝着他离开的方向又补充道,"别站在门后偷听了,伊利亚。过来吧,又没人会吃了你!"

水壶烧开了。阿格涅萨已经不像开始那样看起来那么可怕了,她给大家泡了一种香气四溢的茶。螺丝钉儿则真的走了进来,在角落里坐下来,转过脸面向窗口。窗台上杂乱地放着几支铅笔,都被咬得一塌糊涂。他随便拿起一支,若无

[①] 分别是克什卡、老虎和塔尼娅三个人的姓。

其事地继续在印花壁纸上进行艺术创作。看来，墙上这些公式都是他的杰作！

"我们长话短说吧。你们说说这个调查小组具体是怎么回事！"

"我们最感兴趣的就是大封锁时期的彼得堡。"老虎打起了精神。

"列宁格勒。"阿格涅萨纠正他道，"这样的话，朋友们，你们可能找错人了。我很早就被疏散走了。万幸，简直是奇迹。当时我只有七岁，后来的事情……"

"您看，"米哈伊尔·所罗门诺维奇客气地打断了她，"我们恰恰是想要了解列宁格勒，而且是战前的列宁格勒。老虎他有点胡编乱造了，实际上我们并不是什么调查小组。"

"不是调查小组？那是什么？"阿格涅萨吃惊地问道。

螺丝钉儿猝不及防地转过身来，递给克什卡一张餐巾纸。

"你试着解解看这道题。"他突然说道。餐巾纸上潦草地写着一个什么方程。克什卡漫不经心地看着这张餐巾纸，米哈伊尔·所罗门诺维奇则继续说道：

"我们在找一个人，确切地说，应该是两个人。两个小男孩儿，大概和您一般年纪。战争开始之前他们住在海军大

第十五章　弦轴

街。您有认识的人住在那儿吗?"

"海军大街可不小啊。"阿格涅萨回答道,皱紧了眉头。

"我把照片拿给您看看吧。万一突然想起来了呢?……是对双胞胎兄弟,克什卡和雅什卡。"说着,米哈伊尔·所罗门诺维奇打开了包。

"不用拿照片了。"阿格涅萨突然间制止了他。

她拿出一个烟卷,慢慢地、深深地抽了一口。

所有人都默不作声,只有螺丝钉儿咬铅笔的声音。阿格涅萨吐出一团烟(就像一条恶龙!),接着用烟卷指了指克什卡。

"嗯,你们来找我算是你们运气好。这不就是照片嘛,坐在这儿呢。这是克什卡的后代,还是雅什卡的?"

"克什卡的。"克什卡回答道,他已经完全不能理解正在发生的事情了。

她拨开了克什卡额头上的刘海,开始细细地端详起克什卡来,就像在看一件没有生命的物体。

"太不可思议了!"阿格涅萨终于开口说道,"这么多年过去了,记忆里还是那么鲜活啊。他们是我的同班同学,小克什卡和小雅什卡。我们一起上一年级。这么说,他们也活过了大封锁……不错的男孩子。"

"难以置信！"米哈伊尔·所罗门诺维奇十分震惊地低声说道，"简直不可思议！"

接着，他从头到尾把自己的故事详细讲了一遍：先是关于他的父亲，莫名其妙地来到塔什干，没有人知道他从哪里来，然后说到兄弟失散，说到如何机缘巧合地认识了克什卡，还有克什卡以及其他的人不断地向他证实，他，米哈伊尔·所罗门诺维奇，长得和英诺森·米哈伊洛维奇一模一样……

"真是奇事！"阿格涅萨吃惊地把两手一摊，"简直是墨西哥连续剧。"

"请您再讲一些关于他们的事情吧。"米哈伊尔·所罗门诺维奇请求道，"记得什么就讲什么。"

"几乎什么都不记得了。"阿格涅萨说道，"尽管他们两个当时挺出名的。首先因为他们是双胞胎嘛。其次，他们在班上年纪最小，我记得他们当时是六岁吧，唱歌唱得不错。在课上都呜噜呜噜地唱个不停——就为这个，两个人没少挨批！他们老是跑到我那个女伴小塔夏卡家里去，她爸爸是个小提琴工匠……雅什卡跟所有人都说，他一定要学会拉小提琴，克什卡则要学小号。"

第十五章 弦轴

"确定是小号?"孙辈的克什卡吃了一惊,"他最后可是拉小提琴的啊!"

"确定。"阿格涅萨确信地点了点头,"我们就是这么区分他俩的:克什卡总在吹号:噗噜—嘟—嘟!雅什卡呢,觉得小提琴显然更好!他大衣上有一颗扣子,可能都不是扣子,而是小提琴上的一个什么部件,我记不得叫什么了。是小塔夏卡的爸爸送给他的。"

"弦轴。"米哈伊尔·所罗门诺维奇用一种好像不是他自己的奇怪的声音说道。

"对,就是这个,弦轴!"

"嗯,是用来调音的。"克什卡附和道,"那上面正好有个洞,是为了把弦穿过去用的,正好可以缝起来,就跟扣子一样。是吧,米哈伊尔·所罗门诺维奇?"

"雅科夫列维奇。"米哈伊尔·所罗门诺维奇突然摘下了眼镜,说道,"原来,对啊——雅科夫列维奇[①]。太神奇了,竟然就这样知道了自己真正的姓氏,不可思议……爸爸的睡衣上一直有颗扣子就是个弦轴。妈妈总是说:'快弄个正常的

[①] 米哈伊尔·所罗门诺维奇这里反复嘟囔的是他的父称。他父亲既然叫做雅什卡,而不是所罗门,则米哈伊尔·所罗门诺维奇的父称应该就是雅科夫列维奇,所以他应该叫做米哈伊尔·雅科夫列维奇。

扣子缝上，别这么幼稚，还跟个小孩子似的！'爸爸每次都会反驳道：'孩童时代我可是错过了，童年就留下这么个扣子啦……'"

阿格涅萨继续说着，接着米哈伊尔·所罗门诺维奇又聊了些什么，不过克什卡已经没有听下去了。他不知为何，已经完全不关心这些了：所有的线索都对上了，不知从何而来的所罗门实际上就是走失了的雅什卡，等等等等，他都不在意了。说实在的，他早就对此深信不疑了。他这会儿心里想的是数学问题，确切地说，是概率论问题。怎么会这样呢？理论上来讲,这个阿姨和双胞胎兄弟认识的概率几乎为零啊！同样的，米哈伊尔·所罗门诺维奇同他们家之间——米哈伊尔·所罗门诺维奇是他什么人呢？远房表舅？他们之间怎么就相遇了呢？相遇了还不够，还挖出了这么一段故事，解开了这样一个谜！而且老虎恰好就看见了这张有阿格涅萨消息的报纸……这概率能有多小？百万分之一？十万万分之一？不过话说回来，还存在着这么个"六次握手"的理论。如果把克什卡认识的人都找出来，然后再把他们认识的人也都找出来，如此这般，真的可以在六步之内从克什卡这里一直连到比如说阿尔伯特·爱因斯坦那儿去吗？等等！可能真的是

第十五章 弦轴

这样！爷爷是个物理学家，那么很有可能曾经跟着某位知名的物理学家学习，或者至少相互认识，而这位知名物理学家呢，曾经见过爱因斯坦，为什么不可能呢？嘿，去你的数学吧！

螺丝钉儿突然走过来，猝不及防地拍了拍克什卡的肩膀：

"算出来了吗？"

"什么，算出什么？"克什卡完全摸不着头脑，后来才想起来餐巾纸上的数学题，"啊，这个……结果是二十八，对吗？"

螺丝钉儿很认真地打量着克什卡，然后突然说道：

"这么说来，很好。哪天你想要好好地研究数学了，严肃正经的那种研究——你就来找我。反正你已经知道我住哪儿了。"

"嘿，那可不行！"米哈伊尔·所罗门诺维奇抗议道，"这是我的学生！我可不让给你！"

"您教他什么？"螺丝钉儿一脸惊讶。

"我教他拉小提琴！"

"什么小提琴，都见鬼去！这道题，大学三年级的学生都不一定全能解出来呢！"

回去的路上,老虎和塔尼娅一路都在揶揄克什卡:"啊,克什卡,真是个天才。"他们还说,螺丝钉儿从此以后一定随时找机会要把克什卡拖到昏暗的院子里,拽着他的衣领让他做数学题;克什卡呢,将会如何如何手脚并用地反抗他……

可是克什卡突然想到,也许他不会反抗呢。螺丝钉儿,自然是个十足的疯子,但是他竟然在壁纸上列算式!真是够痴迷!克什卡还从来没见过如此狂热的人。没准儿,真的可以去上一两节课看看呢?

……米哈伊尔·所罗门诺维奇则好像完全听不见孩子们的谈话。他心里全是那个他知之甚少的城市。而且,他在心里想象的图景并不是那些知名的地点,什么海军部大楼的尖顶,或是青铜骑士像,又或是花园广场……不,他眼前浮现的是一块标牌:"炮击时,街道这侧特别危险。"接着又突然浮现出整个城市。黑白的,就像老照片上的那样。不是彼得堡,而是列宁格勒。

米哈伊尔·所罗门诺维奇觉得他现在就走在这座黑白的城市里。四周白雪堆积,残垣断壁上有一些空洞的窗口,还有缠着头巾的人们的幢幢的黑影。

街上走着一个老头儿,恰恰就在路最危险的那一边,但

第十五章 弦轴

是他无所谓。他其实刚刚三十出头,但就在昨天,一夜之间他垂垂老矣,变成了一个老头儿。费了太多的力气,跑了太多的路,谈判协商,到处打听,苦苦哀求!终于他成功了——今天他们本应该把他的小所尔带出城了,把他的孩子带到"广袤的土地"[①]那儿去了。

小所尔病了,病得很重,但是在那里,在"广袤的土地"上,他们能治好他——那里有医生、药品,最重要的是——那里有食物,很多很多食物。但是所有这些东西,小所尔现在已经不需要了。这意味着,这个老头儿自己现在也什么都不需要了。小所尔没了。

怎么会没了呢?哎,他不就在那儿吗,在路边躺着的那个!就穿着他那件花格子小外套,一模一样……

"小所尔,我的孩子!快起来,你怎么了?"

这个完全陌生的小男孩儿用混浊的眼神望着他。这个小男孩儿摔倒在这儿,脑袋撞到了地上——他身上都是血,但是他还活着,活着!也许,他们还来得及救他!这个老头儿,今天早上的时候连一桶水都抬不起来,这会儿却用双手抱起

[①] 在大封锁时期的列宁格勒,人们把还未被德军占领的地方称为"广袤的土地",或直译为"大地"。

这个小男孩儿。不过,这个小男孩也并不比一桶水重多少……

老头儿一定会忘记他刚刚埋下了他的儿子。因为那是个愚蠢的梦。根本没发生过那样的事儿。现在他清清楚楚地知道,他救的就是他,就是自己的儿子。他把他交给了那些善良的人们,他们会帮忙把他送到军医院去,他会在那儿康复起来!

毋庸置疑,就是这样。他救了他!

米哈伊尔·所罗门诺维奇使劲晃了晃脑袋,很惊奇地发现孩子们就在身边,身边还有开花的栗子树……

"克什卡,"他说道,"我要把这个弦轴送给你。"

可有可无的最后一章
小飞机

克什卡一大清早就醒了。太阳已经从邻居的屋顶上升起来了,不过所有人都还睡着。"今天是周六啊。"他想起来。哎呀,真是太好了!克什卡最爱周六,他最喜欢的就是悄悄溜出门去而不吵醒父母。这么做的时候有一种严肃性,自己一个人吃早饭,自己一个人关上门,而不吵醒妈妈,不打搅任何一个大人。总的来说,就是那些不会来说"围巾带了吗?学校穿的鞋别忘记带!钥匙呢?"的人。

今天刚好大家都还在睡觉,太棒了!克什卡想起这个星期发生的那些疯狂的事情,突然间,一种感觉笼罩了他——就是那天把他赶到水泥管里的那种感觉。他感到特别想去做点就像那样的、不同寻常的事情!

克什卡决定牺牲早饭,他往包里塞了一根香蕉,小心翼翼地关上门。下楼,去街上?不,这次向上爬!

他刚把手伸向电梯的按钮,脑子里就想到电梯隆隆的声音,他改主意啦——最好是爬楼梯!他顺着楼梯向上飞奔,转眼间就来到了第十二层。他顺着漆黑的阁楼楼梯接着向上爬。他扯了一下阁楼的锁——见鬼!他用手抱着楼梯,以防万一阁楼轰的一下塌了,然后拿出了一把小刀。只要一分钟——好了,打开了!赫尔采尔没白教他,这点小把戏还是很有用的。阁楼顶层，还有楼梯——他终于爬到了屋顶！

　　向下看去，整个城市还在做着慵懒的星期六的梦。隐约可以听见电车的声音，从高处看下去，就好像是一条不疾不徐往前爬的毛毛虫。困意十足的乌鸦呱呱地叫了几声——一切又归于沉寂。克什卡把帽子压了压，防止帽子被风吹走。他好久都没来这儿了！下次应该带塔尼娅来这儿看看。那儿是她们家的房子，在那个方向。那边是学校、公园、体育场，都跟积木似的……

　　克什卡从练习本上撕下一页纸，跪在书包上认真地折起飞机来。他瞅准了风吹去的方向，用两个手指紧紧捏住纸飞机，平稳地用力向天空中一掷。

　　小飞机轻轻一震，紧接着就找到了平衡。突然间赶上了某股气流，不是向下，而是开始渐渐向上爬升，越飞越高，一直向太阳飞去。

　　克什卡一直看着小飞机，直到眼睛开始流出眼泪。等他用袖子把眼泪擦掉了，小飞机已经飞到了看不见的地方。

图书在版编目（CIP）数据

无名制琴师的小提琴/（俄罗斯）尼娜·谢尔盖耶夫娜·达舍夫斯卡娅著；王琰译. 北京：中国国际广播出版社，2016.10
（中俄文学互译出版项目·俄罗斯文库. 少年文学丛书）
ISBN 978-7-5078-3870-1

Ⅰ.①无… Ⅱ.①尼…②王… Ⅲ.①儿童小说—中篇小说—俄罗斯—现代 Ⅳ.①I512.84

中国版本图书馆CIP数据核字（2016）第187227号

Скрипка неизвестного мастера
Copyright ©Нина Дашевская
Simplified Chinese Translation Copyright © 2016 by China International Radio Press
All rights reserved.

《中俄文学互译出版项目·俄罗斯文库》由中国国家新闻出版广电总局和俄罗斯出版与大众传媒署批准，中国文字著作权协会和俄罗斯翻译学院负责组织实施。

无名制琴师的小提琴

出 品 人	宇　清
策　　划	王钦仁
统　　筹	张娟平　祝　晔　李　卉
著　　者	［俄］尼娜·达舍夫斯卡娅
译　　者	王　琰
责任编辑	张娟平
版式设计	国广设计室
责任校对	徐秀英

出版发行	中国国际广播出版社［010-83139469　010-83139489（传真）］
社　　址	北京市西城区天宁寺前街2号北院A座一层
	邮编：100055
网　　址	www.chirp.com.cn
经　　销	新华书店
印　　刷	环球东方（北京）印务有限公司
开　　本	880×1230　1/32
字　　数	121千字
印　　张	7.25
版　　次	2016年10月　北京第一版
印　　次	2016年10月　第一次印刷
定　　价	36.00元

版权所有
盗版必究